ラテンアメリカ文学バザール

杉山晃＝著

現代企画室

ラテンアメリカ文学バザール

装丁――――有賀 強
カバー写真――ホルヘ・サンヒネス監督『地下の民』
（ボリビア／日本／スペイン／イギリス／
西ドイツ共同制作、一九八九年）より。
シネマテーク・インディアス提供。

目次

第1部 ラテンアメリカの作家たち……7

第1部

ラテンアメリカの作家たち

1 ガルシア＝マルケス――友情と銃弾

律義な友情

世界のどこにいても、日曜日ごとに欠かさず母親に電話をかけていたというガルシア＝マルケスのほほえましいエピソードは、たしか対談集『グアバの実の香り』（一九八二）に出ていたと思う。これはなかなか貴重な対談集で、いまでもかなり読まれている。カフカの『変身』を読んで、これなら自分にも小説が書けると思ったことや、仕事をするのは静かで暖かな部屋でなければいけないとか、『百年の孤独』（一九六七）のアウレリャノ・ブエンディア大佐が死んだ場面を書いたときには、悲しみがこみあげてきて、寝床のなかで二時間泣いたとか、とにかくいろんな興味深い話がつぎつぎと出てきて退屈しない。日本ではだいぶ前に抄訳が雑誌に掲載されたが（「すばる」一九八三年八月号）、残念ながら本にはなっていない。

ガルシア＝マルケスは、自分の理想的な一日というのは、朝の九時から午後の三時まで仕事をして、夜は友だちとにぎやかに雑談することだという。友人たちとの交流は、ガルシア＝マルケスにとって、ことのほか大事らしい。『グアバの実の香り』のなかでも、友を思う気持ちがほかの誰よりも強いんだと語っている。それは、どうやら誇張ではないようだ。以前スペインのホテルで読んだ新聞記事が思い出される。メキシコに亡命してきたキューバの作家ノルベルト・フエンテスの会見記がのっていた。それによると、ノルベルト・フエンテスは数年前からキューバを出国したかったらしいが、許可がおりず、惨めな暮らしを強いられていたという。最近になって、ハンガーストライキをはじめ、知人をつうじて、ガルシア＝マルケスに助けをもとめたのだそうだ。そのときの言い草がふるっている――「ガルシア＝マルケスはことあるごとにフィデル・カストロは友人で、自分はこれまで政治犯を何人も国外につれだしたといってきた。だけどぼくは作家で、彼の友だちだったはずなのに、ぼくのためには何もしてくれないじゃないか」。こんな愚痴っぽい頼み方もないと思うが、必死だったことはうかがえる。それで何日かすると彼の自宅に役人がきて、着の身着のまま空港につれていかれ、ジェット機にのせられたそうだ。飛行機のなかには、ガルシア＝マルケスがいたという。フィデル・カストロに話をつけ、メキシコの大統領に飛行機を調達してもらい、ノルベルト・フエンテスを迎えにキューバまで飛んできたというわけだ。信じがたいような話だが、写真入りで報じられていたから、たぶん作り話ではないだろう。

短編のできあがりを直感

『十二の遍歴の物語』は、一九九二年に刊行されたとき、すぐに取り寄せて読んだのだが、丹念に練りあげられたその語りに、感嘆したのをおぼえている。翻訳が出て、また読み返したわけだが、『百年の孤独』のあとも一作ごとに、なおも文体に工夫をこらし、作品の隅々にまで職人的な神経をゆきわたらせていることに、あらためて感銘を受けた。

十二の物語のそれぞれの末尾には、作品を書き終えた日にちではなく、書きはじめた日付が書きしるされている。冒頭の「大統領閣下、よいお旅を」は一九七九年六月、そのつぎの「聖女」は一九八一年八月というふうに。どの短編も、七〇年代の後半から、八〇年代のはじめにかけて書きはじめられている。そしてさまざまな紆余曲折のすえに（それがタイトルでいう遍歴ということにもなるが）、九〇年代に入ってようやくそろって完成にこぎつけたというわけだ（うち二篇だけがそれより早い）。

「なぜ十二なのか、なぜ短篇なのか、なぜ遍歴なのか」と題された「緒言」では、ガルシア＝マルケスは、これらの作品が「この十八年間のうちに書き継がれてきたものだ」とあかしている。その過程において、あるときは新聞のコラムだったり、映画の台本だったり、テレビの連続ドラマだったり、あるいはインタビューの記事だったりしたのだ。短編という形式で語れるようになるまでには、アイデアが熟成するのを待ち、試行錯誤をかさねなければならなかった。しかもようやく短編の草稿ができあがっても、満足のいく仕上がりになるまでに、それこそ何度も書き直したという。どの辺で、これでよかろうと判断し、筆を置くかについて、この作家らしいユーモアをまじえて、「緒言」のしめくくりにおもしろいことを書いている。「それはこの仕事の秘密なのだが、知性の法則に従わず、直感の魔法に属する——ちょうど料理女がスープのできあがりを直感するのと同じように」（旦敬介訳）

むろん、十数年のうちに、興味を失い、屑《くず》かごに捨てたアイディアもあれば、いくら奮闘しても短編にできなかった構想もあったのだ。その例のひとつとして、自分の葬儀の夢を紹介している。墓地にむかう楽しそうな行列。死んだはずの自分も、なつかしい友人たちとにぎやかにしゃべっている。墓地では、葬儀が祭りのようなにぎわいを呈し、みんなで大いにはしゃいだのはいいが、帰る段になって、ちょっと待った、と呼び止められ、おまえさんは帰れないんだよ、といわれる。「その時になって初めて私は、死ぬというのがもう二度と友達と一緒にいられないということであるのを理解した」という。

じつはこの夢は、短編集のそもそもの発端をなす着想だったそうだが、「陽気な大騒ぎ」の感じが出せなくて、けっきょく頓挫してしまった。とはいえ、このエピソードには、短編集全体のトーンがよくあらわれている。死が描かれ、孤独や悲哀がただようのだが、語り口にはどこか余裕と滑稽味が感じられる。痛ましくもあれば、コミカルでもあるそうした一ダースほどの「奇妙なできごと」は、ユーモアをたたえながら、美しく、よどみなく語られるのである。

麻薬組織の誘拐事件

若いころ新聞記者だったガルシア＝マルケスは、小説を書くようになってからも、ジャーナリズムの世界に関わってきた。マルケスのノンフィクションものとして、すぐに思い出されるのは『ある遭難者の物語』（一九七〇）や『戒厳令下チリ潜入記』（一九八六）だが、こんどの『誘拐』（一九九六）もそうした系譜につらなる。

誘拐された十人（二人は殺害されたから、八人というべきか）の証言のみならず、その解放のために奔走したおおぜいの人間にも取材している。そうした複数で多様な証言をまとめあげるのはそうなまやさしい作業ではなかったようで、マルケスは三年の歳月を要したという。そして、これは序文で書いていることだが、登場人物のひとりひとりを「輪郭と広がりをもった人間として」描くことをめざした。つまり人質になった男女やその家族、あるいは覆面をしたマフィア側の人間も、手ごたえのある存在として描こうと腐心したのだ。この企ては、やはり作家としてのマルケスの力量がなければ成功しなかったことだろう。

一連の誘拐事件は、コロンビアの麻薬密輸組織メデジン・カルテルがひき起こしたものだ。標的にされたのは、有力政治家の妻や妹、元大統領の娘や一群のジャーナリストたちである。女性を人質にとるとは、いささか不思議な感じがするが、暴力がエスカレートするとそうなるものなのかもしれない。一九九一年から九二年にかけてのできごとで、コロンビアの暴力的状況がかなり深刻化していた時代だ。八〇年代の後半からアメリカの意向に沿って、コロンビアの軍と警察が麻薬密輸組織を容赦なくとり締まり、それに反発したメデジン・カルテルの首領パブロ・エスコバルは、激しいテロで応酬した。飛行機や新聞社に爆弾がしかけられ、警察官や裁判官、政治家らがつぎつぎに殺された。まさにマルケスのいう「旧約聖書的な暴虐」がくりひろげられていた時代である。

そうしたなかでエスコバルは政府に圧力をかけ、国外引き渡しや投降をめぐるさまざまな交渉を有利にするために誘拐戦術に出る。「われわれはアメリカで刑務所に入るくらいなら、コロンビアで墓に入ることを選ぶ」というのはエスコバルのいささか気障《きざ》なセリフだ。

ガルシア＝マルケスはひとつひとつの誘拐事件を克明に描いていく。武装した男たちのサイレンサーのついたマシンガンの音さえ聞こえてきそうだ――「五人目の男はガラスごしに運転手の頭を撃った。サイレンサーのせいで銃声はため息のようにしか聞こえなかった。それから男はドアを開けて運転手を引きずりおろし、地面に横たわる体に向けてさらに三発撃った」（旦敬介訳）。何ヵ月にもわたった劣悪な環境での監禁生活や、家族の不安と絶望の日々、そして解放のための気の遠くなるような努力が、三五〇ページのなかで、ひとつのドラマとしてきわめて効果的に編みあげられている。

どんな小さなエピソードであれマルケスの手にかかると、すぐさま神話的な物語に転化しそうな気配をはらむ。しかしこの誘拐事件をあくまでもノンフィクションの世界にとどめておきたいという作者の強い意志が、痛々しいまでの切実さで全編につらぬかれている。序文は「二度とこのような本が書かれる必要がないようにとの希望をこめて」と結ばれている。

◆ガブリエル・ガルシア＝マルケス　Gabriel García Márquez（コロンビア、1928-　）
『青い犬の目』（井上義一訳）福武文庫
『落葉』（高見英一訳）新潮社

『大佐に手紙は来ない』（内田吉彦訳）『ママ・グランデの葬儀』所収、集英社文庫
『ママ・グランデの葬儀』（桑名一博・安藤哲行訳）集英社文庫
『悪い時』（高見英一訳）新潮社
『百年の孤独』（鼓直訳）新潮社
『エレンディラ』（鼓直・木村榮一訳）ちくま文庫
『族長の秋』（鼓直訳）集英社文庫
『予告された殺人の記録』（野谷文昭訳）新潮文庫
『迷宮の将軍』（木村榮一訳）新潮社
『愛その他の悪霊について』（旦敬介訳）新潮社
『十二の遍歴の物語』（旦敬介訳）新潮社

＊（ノンフィクション）
『幸福な無名時代』（旦敬介訳）ちくま文庫
『ある遭難者の物語』（堀内研二訳）水声社
『ジャーナリズム作品集』（鼓直・柳沼孝一郎訳）現代企画室
『戒厳令下チリ潜入記』（後藤政子訳）岩波新書
『誘拐』（旦敬介訳）角川春樹事務所

2 バルガス＝リョサ――笑いと反逆

笑いを前面に

バルガス＝リョサのかなりの作品がすでに日本語に翻訳されている。ボルヘスやガルシア＝マルケスとならんで、日本でもっとも読まれているラテンアメリカの作家のひとりといってよいだろう。ラテンアメリカ文学の《ブーム》の火つけ役となった『都会と犬ども』（一九六三）から、アマゾンの先住民インディオの神話的世界を描いた『密林の語り部』（一九八七）やエロスを題材にした『官能の夢』（一九九七）にいたるまで、ざっとかぞえてみても、十冊を優に越えている。

まだ訳されていないバルガス＝リョサの作品を、授業で読んでみようと思いたち、あれこれと思いをめぐらしたすえに、『フリアとシナリオライター』（一九七七）がよかろうということになり、四月から数人の学生とこの小説を読んでいる。分厚い小説だから、かなりのページ数を下調べしなければならないが、ストーリーがおもしろいので学生たちはさほど苦にならないようだ。おもわず吹き出してしまうようなこっけいな場面がいくらでもある。そうした笑いを前面に押し出した文学作品というのは、ラテンアメリカではそう多くないけれど、この『フリアとシナリオライター』はとくに成功した例だろう。

ところで、『フリアとシナリオライター』には、ペドロ・カマチョといういささか風変わりな人物が出てくる。朝から晩まで、何本ものラジオドラマを書いている売れっ子の脚本家だが、相当にマニアックな人物で、ときにはドラマの主人公（警察官やサッカーのレフェリー、女医など）に変装して、その人物になりきってタイプライターにむかうのだ。

そうしたペドロ・カマチョの偏執的な性格を反映してか、彼のつくるラジオドラマもどこかピントがずれている。だが小さなずれは、やがて大きな歪みを生み、しまいにはすべてを崩壊させてしまう。破綻にいたるプロセスは愉快でもあり、哀しくもある。それらの〈シナリオ〉は、バルガス＝リョサの自伝的な物語（はるか年上のフリアおばさんとの恋愛事件）のなかに挿入されており、読者は複数の物語のあいだを行ったり来たりしながら読み進めることになるのだ。

エロティックな小説

若いころのボルヘスは、近所の本屋で、自分の本が一年間に三十七冊売れたと母親に報告した。すると、母親はしきりに感心し、信じられない様子だったという。時代は移り変わって、いまではラテンアメリカでも初版からいきなり何十万部も売れる作家がいる。バルガス＝リョサもそのひとりだ。新作が出ると、サイン会や講演会でひっぱりだこになり、スペインやラテンアメリカの国々を駆けまわらなければならない。

売りこみが効を奏して、『ドン・リゴベルトのノート』（邦題は『官能の夢』）は、各国でベストセラーリストの上位にランクされた。この作品は、リョサの官能小説として話題を呼んだ『継母礼讃』（一九八八）の続編である。ドン・リゴベルト一家は、約十年ぶりの再登場ということになる。前作では、息子と継母ルクレシアとのただならぬ関係をあやしんだドン・リゴベルトが、最愛の妻を邸宅から叩き出すところで物語が終わっていた。展開そのものは通俗的だが、随所に散りばめられたエロティックなイメージがじつに豊潤だった。こんどの『ドン・リゴベルトのノート』もスタイルは基本的に同じだが、官能をつむぐ筆致には一段と力がこもっている。

『継母礼讃』でドン・リゴベルトの十歳ぐらいの息子であるフォンチートは、継母を誘惑しわなに掛けてしまうが、今回は逆にふたりを仲直りさせようと、いろいろと画策する。エゴン・シーレの画集を携えて足しげく継母の家に通うのもそのためだ。

だが絡み合う裸婦や素っ裸の自画像を眺めながら交わされる継母と息子の会話には、やはりどこか危うげな雰囲気が漂う。

「わたしには子どもといるのか、幼な子イエスの仮面をつけた、悪い、邪悪な大人といるのかわからないわ」（西村英一郎訳）

ルクレシアは幾度も首をかしげ、顔と体を火照らせるのである。

官能のあやしい炎は、ドン・リゴベルトの夢想だけでなく、物語のそこここで揺らめいている。炎の揺らめき加減や火影の微妙な陰影に、エロティシズムの正否がかかっているのはいうまでもない。この小説を読み終わったら、エゴン・シーンの画集をひもときたくなるのは請け合いだ。

アルゲダスを論じる

バルガス＝リョサは小説のほかに評論も書いている。その方面の著作は少なくない。作家論もいくつか手がけており、フロベール論『果てしなき饗宴』（一九七五）は日本語でも読むことができる。最近では、ペルーの小説家ホセ・マリア・アルゲダス（一九一一～六九）を論じた『懐古的ユートピア』（一九九六）を発表して注目をあつめた。序文では、この作家が自分にとって、フロベールやフォークナーに匹敵する存在であると述べている。アメリカやイギリスの大学でおこなった講義をもとにして書かれた作家論である。

ペルーの山岳部に生まれ、先住民インディオを描いたアルゲダスと、都会の白人社会に育ち、ヨーロッパを志向してきたバルガス＝リョサとのあいだには、一見共通点がありそうにない。しかし無慈悲で暴力的な少年時代の体験が、両者を意外にも近づけていたようだ。アルゲダスの『深い川』（一九五八）にしても、リョサの『都会と犬ども』にしても、そうした少年時代の物語である。『深い川』では、傷つけられた樹木の無惨な姿を見て、主人公の少年は悲しみにくれる。撃ち殺された鳥たちに涙を流し、夕暮れの公園で踏みつぶされないようにコオロギたちを懸命に避難させる。周囲が苛酷で暴力的な世界だけに、少年のそうした心やさしさは痛ましくもある。小さな生き物や、山や川や木への慈しみは、インディオたちから学んだとアルゲダスは語ったことがある。『懐古的ユートピア』でバルガス＝リョサは、そうしたアンデスの思想こそが、アルゲダスの作品群をつらぬく最も顕著な感情であると指摘している。

創造主への反逆

『若い作家への手紙』(一九九七、邦題は『若い小説家に宛てた手紙』)というのはいささか平凡な題名だが、中身と体裁はすぐに知れる。リョサはこの本のなかで、作家になりたい若者たちに向けていろんなアドバイスをする。小説家とはどういう人種で、小説とはどういうものなのかを十二通の手紙を通じて、懇切ていねいに説くのである。もっとも作家志望の若者がこれらの手紙を読んだとしても、立派な小説を書けるようになるかどうかは、おぼつかない。もちろんリョサ自身もそのことをわかっており、その証拠に最後のアドバイスは、「この本で読んだことはさっさと忘れてしまえ」である。

小説を書きたい者にとってすぐに役に立たないにしても、作家がなぜわざわざ虚構の世界をこしらえるのか、小説の出来映えは何によって決まるのか、作家の技巧にどのようなものがあるのかを知りたい学徒には、この本が明解で説得力のある答えを与えてくれることは間違いない。そしてリョサの愛読者なら、それらの問題は、すでにさまざまな小説や戯曲や評論であつかってきたテーマであることにも気づくはずだ。

『若い作家への手紙』は、いうなれば円熟の境地に達したバルガス＝リョサの文学観の総まとめであるといえる。そしてその根幹をなす考えは、二十代のころに述べたものといささかも変わりがない（誤っていなかったというわけだ）。――作家は神への反逆者だ。彼にフィクションをつくらせるのは、現実への不満だ。そしてその虚構のリアリティにこそ、作家のすべてがかかっている。

◆マリオ・バルガス＝リョサ　Mario Vargas Llosa（ペルー、1936-　）
『小犬たち／ボスたち』（鈴木恵子、野谷文昭訳）国書刊行会
『小犬たち』（鈴木恵子訳）『ラテンアメリカ五人集』所収、集英社文庫
『都会と犬ども』（杉山晃訳）新潮社
『緑の家』（木村榮一訳）新潮文庫
『ラ・カテドラルでの対話』（桑名一博訳）集英社
『パンタレオンと女たち』（高見英一訳）新潮社
『世界終末戦争』（旦敬介訳）新潮社
『密林の語り部』（西村英一郎訳）新潮社
『誰がパロミノ・モレーロを殺したか』（鼓直訳）現代企画室
『継母礼讃』（西村英一郎訳）福武書店
『官能の夢――ドン・リゴベルトの手帖』（西村英一郎訳）マガジンハウス

＊（評論、その他）

『果てしなき饗宴』（工藤庸子訳）筑摩書房

「ある虐殺の真相」（桑名一博訳）『集英社ギャラリー〔世界の文学〕19ラテンアメリカ』所収、集英社

『若い小説家に宛てた手紙』（木村榮一訳）「新潮」二〇〇〇年二月号

3

ルルフォ――荒涼たる風景

父親と息子の絆

フアン・ルルフォの短編集『燃える平原』（一九五三）に「犬の声は聞こえんか」という作品がある。

老いた父親が、肩の上に息子をのせて、荒野を歩いている。疲れはてて足はふらふらだ。肩ではなく、あんがい背中におぶっているのかもしれない。そのあたりはあいまいだ。そのあいまいさが夢幻的な世界をつくりだすのに役だっている。父親は、刺されて死にかかっている息子を、医者のところへつれていこうと必死なのだ。そして、しきりに息子に、「犬の声は聞こえんか」と尋ねる。「おめえが上にいるんだから、何か聞こえてもよさそうなもんだがな」と父親がいう。犬のほえ声が聞こえれば、町が近いとわかる。船乗りがカモメの姿を認めて陸地が間近いと判断するようなものだろう。

いまにも倒れそうな父親は、町が近いとわかれば、ほっとするにちがいない。あと少しだと知っていれば、がんばる気力も湧いてくるだろう。

息子にいちいち聞かずに、自分の耳を澄ませばよいではないかと思いたくなるが、父親の首のまわりは、息子の手や太ももでおおわれており、聞こえないのだ。息子の耳だけがたよりである。だが「なにも聞こえねえんだ」という返事がかえってくるばかりだ。

作品を読みすすむうちに、息子の行状が父親の悩みの種だったことがわかってくる。山賊に身を落とし、さんざん悪事をはたらいてきたのだ。父親は息子をなじる――「おめえに、わしの血が流れてるってのが、ほんとにくやしいよ。おめえと血がつながってるなんて、ほんとうになさけねえよ。何度ものろったさ。おめえの中にあるわしの血が腐っちまえばええとな」。しかしそれでも、医者へつれていこうとしているわけだ。

こうこうたる月に照らされて、ふたりの影が、真夜中の荒野に長くのびている。「影がひとつだけだった」とルルフォは注意深く書きしるす。

そうした父親と息子の宿命的な絆を、ルルフォはくり返し描いている。

「殺さねえでくれ」では幼いときに父親を殺された大佐が登場する。犯人をようやくさがしあて、これから処刑するつもりだ。大佐はそいつの顔など見たくもない。ドア越しに、泣いて命乞いをする老人に、こう語りかける。

「グアダルペ・テレーロスはおれの父親だった。おとなになってからさがしてみたが、すでに死んでいた。大地に根をおろすときに、とっかかりになってくれるものが、どこにもなかったんだ。それを知りながら生きていくのは、じつにつらいことだ。おれたちはそういう思いを味わってきた」

じつは、この大佐の味わったつらさは、ルルフォ自身のものでもあった。

ルルフォの生まれた一九一〇年代というのは、メキシコ革命の時代で、つづく二〇年代も、政情が安定せず、各地で激しい戦闘がくりひろげられた。そうした混乱のなかで、家を焼かれ、父親や祖父が殺され、家族をつぎつぎと失っていった。作品に描きだされる荒涼たる風景や、親子の絆へのこだわりは、ルルフォ自身の生い立ちと深く結びついているのだ。

願いの叶わぬ宿命

『ペドロ・パラモ』(一九五五)の主人公は悲劇的な人物だ。父親を殺されただけでなく、彼自身も息子の手にかかる。また恋い焦がれた女性への愛は報われず、失意のうちに生涯を終える。名前自体が、不毛な生を暗示している。ペドロが石で、パラモは荒野だ。貧しい地主から地方のボスにのしあがるが、目的のためには手段を選ばなかった。自分にはろくな未来が待っていないことを、うすうす感じていたようだ。息子が落馬して死んだとき、こうつぶやく――

「(おれは)報いを受けはじめてるんだ。早いとこけりをつけるにゃ、今からはじめた方がいいだろう」

この作品は七〇ほどの断片から成り立っている。文体も構成も斬新だ。ペドロ・パラモが登場する断片をつなぎ合わせると、その生涯が浮かび上がる。少年のころ離ればなれになったスサナ・サン・フアンをずっとさがしもとめるのだが、その一途《いちず》なロマンチシズムと、「悪の化身」としての非情さが、矛盾なく描かれている。

「スサナ、おまえの帰りを三十年も待ったんだ、この日のために何もかも手に入れようとしたんだ。そう、何もかもだ。欲しいものがもう何もないくらい、全部手に入れたかったんだ。あとはおまえだけだった。おまえが来てくれることだけだった」とペドロ・パラモはいう。しかし、さがしあてたスサナは、精神を病んでいた。ペドロ・パラモは彼女を目の前にしながらも、心を通わせることができない。スサナ・サン・ファンはあいかわらず手のとどかぬところにいるのだ。ペドロ・パラモの農場は、「メディア・ルナ（半月）」という。ここにも主人公の宿命がほのめかされている。願いが満たされることがないという宿命だ。

最後の断片では、ペドロ・パラモの死が描かれる。荒れた大地を見つめながら、石の山が崩れるように死んでいく。その生と死がひとつに重なるのだ――「心のなかで何かを哀願するようだったが、ひと言もその口から洩《も》れてこなかった。乾いた音を立てて地面にぶつかると、石ころの山のように崩れていった」

『黄金の鶏』の映画化

映画の字幕を訳したことがある。「黄金の鶏」というメキシコ映画の字幕だ。長めのセリフを、文字数を気にしながら圧縮するという作業は、慣れてくると、楽しいものがある。

原作はファン・ルルフォの『黄金の鶏』だが、小説を名のらずに、「映画のためのテキスト」と断って刊行された。それも書かれてから二十年近く経ってからだ（一九八〇）。ボルヘスも映画のプロットをふたつほど書いているが、いずれも数行か一ページほどのものにすぎない。

ルルフォの『黄金の鶏』は百ページ近くもあり、簡単なあらすじというより、やはり本格的な小説だといえる。

ぼくが訳したリプステイン監督の「黄金の鶏」は、じつは二度目の映画化で、一九六〇年代の半ばに最初の映画化がおこなわれている。そのときの脚本は、ガルシア＝マルケスやカルロス・フエンテスらが手がけている。何年か前に、スペインのテレビで見たが、マリアッチ楽団の登場するなかなかの力作であった。――貧しい主人公が、闘鶏や賭博《とばく》でのし上がり、やがて運に見放されてしまう。その幸運は、ひとりの女性によってもたらされ、かつ奪われるのである。

リプステインの「黄金の鶏」は、原作の展開に忠実で、荘重な作品である。カラーだが、モノクロームの映画を見ているような渋さがある。とくに主人公が、死んだ母親のための棺《ひつぎ》を引きずって故郷に帰るシーンは圧巻だ。ずいぶん古いフィルムを見ているような感じがするが、これはこの監督の技量のなせるわざだろう。ルルフォの描く世界の質感がまさしくそこにある。

◆フアン・ルルフォ　Juan Rulfo（メキシコ、1918-1986）
『燃える平原』（杉山晃訳）水声社
『ペドロ・パラモ』（杉山晃・増田義郎訳）岩波文庫

「ルビーナ」(桑名一博訳)『集英社ギャラリー〔世界の文学〕19ラテンアメリカ』所収、集英社
「犬が鳴いてないか」(安藤哲行訳)『美しい水死人』所収、福武文庫

4

プイグ――老いと死

老姉妹のいきいきとした語り口

マヌエル・プイグは『赤い唇』（一九六九）や『蜘蛛女のキス』（一九七六）などの作品で日本でもおなじみの作家である。『蜘蛛女のキス』は刑務所の同じ監房に入れられた同性愛者と政治犯の切ない物語だ。映画化され、日本でも話題になった。女性的な語り口のおもしろさや、悲しい結末が強い印象をのこす作品だ。

最後の『南国に陽が落ちて』（一九八八）でも巧みな会話が展開される。前半では八十歳を越えたふたりの老姉妹が、百ページあまりにわたってひたすらしゃべりつづける。ト書きがいっさいないが、少しも困らない。ふたりのおしゃべりに聞き入るのが楽しいのだ。

読みすすむうちに老姉妹の身の上について、しだいにさまざまなことがわかってくる。またふたりの会話を通じて、周辺の人びとのいくつかの「物語」も浮かび上がる。姉妹の語り口は、リズミカルで心地よい。そしてどこかしらユーモラスである。だから老いや死の悲しみがひしひしと胸にせまってきても、けっして暗くならないのだ。

物語の舞台はブラジルのリオデジャネイロだ。老姉妹はこのまちで暮らしている。ふたりにとっては異国である。妹が数年前に移り住み、姉のほうは最近やってきた。海の近くのわりに瀟洒《しょうしゃ》なアパートに住んでいる。姉は娘が病死してからまだ日が浅い。悲しみを抱いてリオにやって来たのだ。

老いて故郷に戻ることはよくあるが、この姉妹は高齢ながら住み慣れた土地をあとにした。家族から離れてふたりだけで暮らしている。八十歳を越えたふたりは、すでに多くのものを失ってしまった。夫や子ども、友人……。「これで同級生がひとりもいなくなってしまったわ」と慨嘆する場面がある。

しかし話が暗く沈みこみそうになるたびに、この姉妹はなかなかの強靭《きょうじん》さを示す。話題は明るい方向に向けられ、ユーモラスな表現さえ飛び出してくる。こなれたいきいきとしたセリフはプイグの独壇場である。ふたりの老女の気分を否応なく活気づける話題は、近所でカウンセラーの仕事をしている心理学者「隣りの女《ひと》」と、髪の毛が薄くて腹の出た「子供っぽい目をした」男の恋物語の顚末《てんまつ》だ。これまでのいきさつや、目下の進み具合が語られ、われわれもいつしかその奇妙な恋愛物語にぐいぐいとひきこまれていく。そして作品の後半になると新たに、黒い肌をした若いガードマンと、郷里に残された哀れな妻のストーリーが加わってきて、いよいよ全体が複雑な構図を示しはじめるのである。

それらの物語が、互いに微妙な光を投げかけあっているのはいうまでもない。『赤い唇』や『蜘蛛女のキス』でも成功したプイグ十八番の手法だ。こちらの物語の隙間《すきま》を、あちらの物語の小さなエピソードが埋め、あちらの物語の謎を解く鍵は、こちらの物語にあったりする。物語と物語がしだいに激しく共鳴しあうようになる。そうした相互作用のなかで、哀しみに沈んでいた八十四歳の姉が、ついに吹っ切れる。老いや死のさなかのいわば再生であり、それは『南国に日は落ちて』の最も感銘深い場面だ。

姉は手紙のなかで寒い国に旅だった妹にこう書き送る――「あたしは今、夏を満喫しているの（……）独り立ちしたあたしみたいにやらなくちゃ」（野谷文昭訳）。この老いた者の「独り立ち」はどのような心境の変化で達成されたのか。それを見極めるのがこの小説の最大の楽しみだろう。答えは、むろん「隣りの女」と「黒い肌のガードマン」の物語のなかにひそんでいる。

伝統や権威を挑発

プイグの小説はどれも読みやすい。難解ないいまわしが見られない。われわれがふだん耳にしているようなごくありふれた語り口が使われている。むろんその自然な感じをかもしだすために、作家は大いに腐心したにちがいないが。平易なことばで語られる物語も、ごくありふれている。だがそれでも、ラブストーリーのなりゆきにわれわれはいつの間にか胸をわくわくさせてしまう。映画や手紙、電話や調書、とにかくそこここに物語がある。プイグの作品の登場人物は、なかなか巧みなストーリーテラーなのだ。

しかしながら、この通俗性というか大衆性は、デビュー当時だいぶ叩かれた。アルゼンチンの批評家たちは、プイグにかなり冷淡だったようだ。文体に品がなく、内容がいかがわしいと非難した。高い教養と古典的な趣味を標榜《ひょうぼう》する彼らの目には、メロドラマやB級映画を題材にするプイグの小説はどうやら侮蔑すべきものに映ったらしい。けれど裏返していえば、プイグの小説には伝統や権威を鋭く挑発するものがあったということになるだろう。

アルゼンチンでどれほど惨めな思いを味わされたかについてプイグは、『ブエノスアイレスよ、おまえが私を愛するのはいつの日だろう』というインタビュー集で語っている。作品を酷評されただけではない。同性愛者として迫害され、『ブエノスアイレス事件』（一九七七）のなかで、国民的英雄であったペロン大統領を非難したというので、暗殺の脅迫まで受けた。プイグはアルゼンチンを去るほかなかった。メキシコシティ、ニューヨーク、リオといった都市が彼の亡命地となった。作品の大半は異国の地で書かれた。それらが評価されて、アルゼンチンの批評家たちが困惑するなかで、プイグは世界的な作家になっていった。晩年のインタビューのなかでは彼の自信にみちたことばを見いだすことができる——「わたしは誰もが見向きもしなかった残りくずのような題材で、独自の斬新な文学をつくった」。もはやこれに異を唱える者はいまい。

◆マヌエル・プイグ Manuel Puig（アルゼンチン、1932-1990）

『リタ・ヘイワースの背信』（内田吉彦訳）国書刊行会
『赤い唇』（野谷文昭訳）集英社文庫
『ブエノスアイレス事件』（鼓直訳）白水社
『蜘蛛女のキス』（野谷文昭訳）集英社文庫
『天使の恥部』（安藤哲行訳）国書刊行会
『このページを読む者に永遠の呪いあれ』（木村栄一訳）現代企画室
『南国に日は落ちて』（野谷文昭訳）集英社
『グレタ・ガルボの眼』（堤康徳訳）青土社

5
アレナス——苦難の日々

主人公と同じ運命

日本語で読めるアレナスの作品というのは、そう多くはない。『めくるめく世界』（一九六九）の主人公は、二百年ほど前に実在したセルバンド・デ・ミエルというメキシコの神父だが、物語はその波瀾万丈の生涯をなぞるように展開する。史実をしっかりと踏まえた上で、というか、具体的な史実を基点に、アレナスの想像力が大きく解き放たれる。そのダイナミズムがみごとで、辛辣《しんらつ》な笑いや風刺とあいまって、奇抜な世界をつくりだしている。セルバンド神父は、グアダルペの聖母（先住民インディオの前に姿をあらわしたとされる）をめぐって、異説を唱えたために、教会の不興をかい、修道院に幽閉される。やがてスペインに移送され、いくつもの監獄を転々とするはめになるが、そのたびに牢を破り、逃走をくわだてる。脱走しては捕まり、捕まっては脱走する。セルバンド神父の生涯は、まさに投獄と脱獄の連続だ。自由を追い求めるその一途《いちず》な情熱というのが、アレナスが『めくるめく世界』でまず何よりも描きたかったことだろう。主人公の反逆精神に、自分の熱い思いを託していたことは、いまはもう明らかだが、この小説を書いていた二十代前半のころ、まさか主人公と同じ苦難の道をたどらねばならない運命が待っていようとは、さすがのアレナスも想像できなかっただろう。

小舟に乗って脱出

アレナスはキューバ国内では無名の作家であった。いや、作家ですらなかったといったほうが正確だろう。処女作の『夜明け前のセレスティーノ』（一九六七）は、文芸コンクールで佳作に選ばれ、わずかな部数ながら刊行されたものの、じきに絶版になった。『めくるめく世界』もつぎの年度で佳作になったが（いずれもカルペンティエルの強い反対で受賞を逸したらしい）、刊行すらされなかった。革命政権に対する嘲《あざけ》りと受け取れるくだりがあるからやはり都合がわるかったのだろう。

そのころ知り合ったビルヒリオ・ピニェーラ（審査員のひとりで、『めくるめく世界』を強く推した）と丹念に作品を読み返し、文章を練り上げたそうだ。その原稿はやがてひそかに国外に持ち出され、フランスとメキシコで出版されるや、たちまち大きな反響を呼んだ。ラテンアメリカ文学の《ブーム》のピークと重なったこともあって、アレナスは一躍世界の注目をあつめるようになった。しかしひそかに原稿を持ちだし、許可もなく国外で出版したというので、キューバ国内では、アレナスへの監視の目がいよいよきびしくなったという。

アレナスは自伝『夜になるまえに』（一九九二）を書きのこしたが、そこには彼の受難の数々が述べられている。ホモセクシュアルだった彼は未成年者への猥褻《わいせつ》罪で逮捕されると、隙《すき》をみて脱走し、友人の家を転々としたが、ついに捕らえられ、牢獄に何ヵ月も閉じこめられたあげく、痛めつけられ、自己批判を強いられた(恐怖が信念にまさってしまったとのちにアレナスは悔やんでいる)。体験をもとに小説を書くということはよくあるが、アレナスの場合は、さきに『めくるめく世界』を書いて、あとでその小説をなぞるような体験をかさねたのである。

取り調べの最中に『真っ白いスカンクどもの館』(一九七五)の仏訳と独訳を見せられたそうだが、自分の小説が翻訳されていたことはおろか、フランスで最優秀外国図書賞を受けたことさえも知らなかったという。

レサマ・リマや、さきのビルヒリオ・ピニェーラとの親交も、アレナスの立場を悪くしたはずだ。ふたりは政権からしだいに冷遇され、食べるにもこと欠くような惨めな日々を送ったが、革命を揶揄《やゆ》し、無視し、嘲弄することをやめなかった。尊敬していたこのふたりの先輩作家が死ぬと、自由への希求はさらにおさえがたいものになっていったようだ。とうとう『めくるめく世界』を書いてから十五年後の一九八〇年に、アレナスは小舟にのってキューバを脱出する。

漂流しているところを助けられて、無事にマイアミに着いたアレナスが、テレビカメラの前でインタビューに答えている姿が、全世界を駆けめぐり、ぼくもそのニュースを滞在していたペルーで見た。ついに姿をあらわした「幻の作家」は、年齢よりもはるかに若く見え、表情にはまだ少年のあどけなさすらのこしていた。ジーンズにスニーカーというかっこうが、彼を二十歳前後の若者のように見せていたが、いま手元にある晩年のころの写真を見ると、その雰囲気が四十代の半ばになっても変わらなかったのがわかる。アレナスはその後、自ら命を断つまでの十年間を、ニューヨークですごした。

牢獄から牢獄へ

ニューヨークのタイムズ・スクエアの近くの小さなアパートを借りたのは冬のころだったようで、雪の舞う風景を初めて目にしたときの感激を自伝に記している。熱帯の作家にとって、雪というのは、少年時代の夢につながるものらしい。晩年の作品のひとつである「ハバナへの旅」という中編はそのせいか、雪の舞うシーンではじまる。語り手はアパートの部屋の窓から、降りつづく雪を眺めながら、ひっそりとした静けさや孤独に浸っているのだが、その視線は白い雪の向こうに、キューバの青い空と海、ハバナの旧《ふる》い街を追い求めているのだ。晩年の『ドアマン』（一九八八）にしても、短編集『ハバナへの旅』（一九九〇）にしても、亡命者がニューヨークで生きることのつらさが描かれている。

ニューヨークの活気と開放感はアレナスをとりこにしたが、年とともにそれは色あせていった。またしても『めくるめく世界』の予言的なフレーズが現実のものとなって、彼も苦笑せざるをえなかったにちがいない――「ああ、なんたる不運だろう！　逃亡の望みもなく、牢獄から牢獄へと渡り歩くこのさだめ。やっと逃げ出したと思ったら、またまた、さらに破りにくい鉄格子のなかである」

「ハバナへの旅」では、語り手が一週間ほどキューバに帰るのだが、アレナスはもはや自分のノスタルジアが癒《いや》されることは決してないことを知っていたようだ。かつてのハバナはどこにも存在しておらず、自分も青春からほど遠い地点にきてしまっている。若くもなければ、美しくもない。『夜になるまえに』の序文で、同性愛者たちの視線をひきつけられなくなった自分を情けなく思うくだりがある——「誰もぼくを見向きもしなかった。（中略）ぼくは彼らにとってもはや存在しなかった。若くなかったのだ。死んだ方がましだとその場で思った」

　エイズにおかされたアレナスは、衰弱しきった体にむち打って、文字どおり「夜になるまえに」の思いで自伝を書き上げ、五部作でのこっていた『夏の色』と『襲撃』も完成させた。すべての仕事をなしとげるために部屋に飾ってあったビルヒリオ・ピニェーラの写真にむかって三年間の猶予を祈ったが、その願いが叶《かな》えられた感謝のことば（Gracias Virgilio.）で自伝の序文はしめくくられている。

◆レイナルド・アレナス　Reinaldo Arenas（キューバ、1943-1990）
『めくるめく世界』（鼓直・杉山晃訳）国書刊行会
『夜になるまえに』（安藤哲行訳）国書刊行会
「花壇の中のベスティアル」（杉山晃訳）「ユリイカ」一九八三年七月号
「物語の終わり」（杉浦勉訳）『世界文学のフロンティア5「私の謎」』所収、岩波書店
『ハバナへの旅』一部のみ（安藤哲行訳）『越境する世界文学』所収、河出書房新社

6 ボルヘス――書物と闇

シンボルや暗喩

ラテンアメリカの作家たちのなかでボルヘスは、ガルシア＝マルケスとならんで、これまでもっとも盛んに翻訳され、論じられてきた作家である。日本での紹介は、《ブーム》の作家たちよりもずっと早く、ラテンアメリカ文学への関心を芽生えさせるのに、先駆的なはたらきをなしたといえる。

詩人として出発したボルヘスは、もっぱら短編を手がけた。長編を書けなかったというより、スケールの大きな物語を、ごく簡潔な作品に集約させることに、その文学の成否を賭《か》けたといったほうがよいだろう。短く表現できるものを、わざわざ長大な作品に仕立てる必要もあるまいというのが彼の文学観だった。

『伝奇集』（一九四四）の「プロローグ」では、「長大な作品を物するのは、数分間で語りつくせる着想を五百ページにわたって展開するのは、労のみ多くて功少ない狂気の沙汰である。よりましな方法は、それらの書物がすでに存在すると見せかけて、要約や注釈を差しだすことだ」（鼓直訳）と書いている。

「円環の廃虚」は、『伝奇集』の短編のひとつだが、この作品に関連して、なつかしい思い出がある。ボルヘスが初めて来日した折りに、インタビューをする機会にめぐまれ、話題がたまたまこの作品におよぶと、ボルヘスはひさしく読み返していないといいながらも、もの見えぬ青い目をこちらに向けて、「円環の廃虚」の出だしの数行をそらんじてみせた。

「闇夜に岸に上がった彼を見かけた者はなく、聖なる泥に沈んでいく竹のカヌーを見た者もいなかった。しかし、それから数日後には、この寡黙な男が南からやって来たこと、その郷里は上流の山の険しい中腹にあること、そこではゼンド語もまだギリシア語に汚されていないこと、レプラもまれであることなどを知らぬ者は一人もいなかった」

スペイン語ではここまでがひとつづきの文になっている。ボルヘスは、ことばのなだらかなうねりを楽しむように、そしてその一文の美しさを誇るかのように、やや嗄《しゃが》れた声で当の一節を口ずさんだ。ほかにも、スペイン黄金世紀のいくつかの詩句を自在に引用してみせ、うわさに聞いていた博覧強記ぶりに、やはり舌を巻くほかなかった。

ところで、闇夜にカヌーにのってやってきた「円環の廃虚」の男は、火事で焼けくずれた神殿のなかで寝そべって、ひたすら夢を見るのである。

「彼の望みは、一人の人間を夢みることだった。つまり細部まで完全な形でそれを夢みて、現実へと押し出すことだった」

夢のなかでひとりの人間を完璧に想像・創造しようというのだ。そのくわだては紆余曲折のすえに成功する。「夢みられた人」は、ある日ついに目ざめる。

「夢みていた男の夢のなかで、夢みられた人間が目覚めた」

男は相手を息子のように思い、両者の満ち足りた共生の日々がつづくが、やがて自立のときが訪れる。

「その夜、男は息子に初めて接吻を与え、わけ入りがたい密林と湿地が何マイルも続いた下流に、白っぽい廃虚が残されているべつの神殿へ送りだした」

だが送りだしたものの、男はときおり、自分が幻にすぎないことを知ったときの息子のショックをおもんぱかる。

「人間ではなく、べつの人間の夢であること。これにくらべられる屈辱、困惑があるだろうか！」

だが最後の場面では、まさしくその屈辱と困惑を味わう瞬間がやってくる。

ただし「夢みられた人」ではなく、「夢みる人」の方が……。

「彼（男）ははためく炎にむかって進んだ。炎はその肉を嚙むどころか、それを愛撫した。熱も燃焼も生ずることなく彼をつつんだ。安らぎと屈辱と恐怖を感じながら彼は、おのれもまた幻にすぎないと、他者がおのれを夢みているのだとさとった」

同じ運命の反復、そこに秘められた皮肉。ボルヘスの好むテーマは終生さほど変わらなかったように思われる。鏡や迷宮、虎やナイフ等も、ボルヘスが好んで使ったシンボルや暗喩だ。それらの小道具を使って、われわれの生の不条理や神秘や悲劇を描きつづけた。同じテーマの周辺をめぐりながらも、多様な設定やディテールを見いだし、そのつど新たな物語をこしらえあげた。その多彩なバリエーションも、豊かな想像力のあらわれにちがいない。

対談集や評伝

晩年のボルヘスが気軽にインタビューに応じたことはよく知られている。目の見えない八十代のボルヘスは、どうやらアルゼンチンでは花形のタレントなみに、頻繁にテレビやラジオに出演し、新聞や雑誌に登場していたようだ。

『対話』(一九九二)という分厚い対談集は、三年間つづいたラジオ番組のうちの六十本分を編んだものだし、『死ぬ前にひとこと』(一九九四)は、週刊誌や女性誌に掲載されたインタビューを集めている。ちょっと蓮っ葉な感じの若い女性記者にいきなり、「あなたは母親に去勢されたのですか」と聞かれたりして、こちらのほうがどぎまぎしてしまうのだが、ボルヘスは動揺するそぶりもなく、泰然と母親への感謝の思いを語っている。

種々の回想録のなかでとりわけ興味深かったのは、ボルヘスの四十代のころの恋人であったエステラ・カントの『逆光のボルヘス』(一九八九)だ。ボルヘスのアパートに遊びにいったら、母親がずっと傍らにつきそって二人きりにさせなかったとか、夜レストランで食事をしていると、きまって母親に電話して居場所を報告していたとかいう。

ボルヘスの傑作のひとつである「エル・アレフ」は、そのエステラ・カントにささげられている。手書きの原稿も贈られたそうだ。もっともその手稿は、何年か前にサザビーのオークションにかけられ、スペインの国立図書館がかなりの高額でせり落とした。『逆光のボルヘス』には、振られつづけたボルヘスの一途《いちず》な恋文が何通か紹介されているが、それらもけっこう値が張りそうだ。

詳伝で充実しているのは『栄光と挫折』(一九九六)だろう。著者のマリア・エステル・バスエスは、若いころにボルヘスと知り合い、いくつかの作品を共同で書きあげ、最後まで交流のあった親しい友人のひとりだ。

タイトルの「栄光」がボルヘスの作家としての名声をさしていることは容易に想像できるけれど、「挫折」のほうはすぐに見当をつけるのが難しい。バスケス女史がボルヘスの「挫折」と断ずるのは、どうやら度重なる失恋や、自分の肉体への嫌悪や、晩年のいいしれぬ孤独のようだ。

ボルヘスがいろんな女性にあこがれながらも、しまいには深い痛手を負ったことはビオイ＝カサーレスの回想録にも出ていたのでこれは確かなことだろう。肉体への嫌悪や、晩年の孤独についてては、やや意外な感じがしないでもないが、バスケス女史が身近にいて感じとったことなので、それなりの真実味がある。晩年、友人たちや妹の家族との仲が急速に疎遠になったことについて、ボルヘス夫人マリア・コダマへの不信感をあらわにしているのは興味深い。

ところで、アルゼンチンにかつて「スール」という文芸誌があった。作家でもあったビクトリア・オカンポという女傑が、私財を投じて主宰したラテンアメリカ屈指の文芸誌である(一九三〇年代のはじめから四十数年つづいた)。若いボルヘスも創刊号から編集顧問として名を連ねていた。もっとも意見を聞かれることはなかったらしい。「ほかの偉い顧問にも相談してないんだから、気にしなくていいのよ」とオカンポにいわれたという。

ボルヘスはオカンポに引き立てられて世に出た。後年、国立図書館の館長に任命された時も、その強力な推薦がものをいった。とはいえ、ボルヘスはこの女傑が、だいぶ苦手だった。その迫力と命令口調にいつもたじたじとなったらしい。

さきの『栄光と挫折』で紹介されていたエピソードだが、オカンポが英国から買って帰ったところがボルヘスがかたくなにこばむので、おもしろがってボルヘスにかぶらせようとしたことがある。ジョン・レノンふうのカツラを、おもしろがってボルヘスにかぶらせようとしたことがある。ところがボルヘスがかたくなにこばむので、オカンポもしまいには腹を立て、あんたはとうてい一人前の物書きになれるような器じゃないわ、といったという。一九六〇年代のことだから、ボルヘスはすでに六十歳を越え、世界的な作家になっていたのだが。

ビートルズのカツラをかぶってみせるほどの茶目っ気をボルヘスに求めるのは、いささか酷かもしれないが、ボルヘスにはボルヘスなりの独特のユーモアがあったのは確かだ。とりわけストイックで、挑発的な皮肉が得意だった。たとえば、長い不遇な時代のあと、国立図書館の館長になったときは、もうほとんど目が見えなくなっていた。その皮肉な天の采配《さいはい》を詠んだ詩が有名だ――「みごとな皮肉によって　同時に／書物と闇をわたしに授けられた／神の巧詐をのべるこの詩を　何者も／涙の怨みぐちと卑しめてはならない」（鼓直訳）

◆ホルヘ・ルイス・ボルヘス　Jorge Luis Borges（アルゼンチン、1899-1986）

＊（短編集）

『悪党列伝』（中村健二訳）晶文社

『汚辱の世界史』（篠田一士訳）『砂の本』所収、集英社文庫

『伝奇集／エル・アレフ／汚辱の世界史』（篠田一士訳）集英社

『伝奇集』（鼓直訳）、岩波文庫

『不死の人』（土岐恒二訳）白水社

『ブロディーの報告書』（鼓直訳）白水社

『砂の本』（篠田一士訳）集英社文庫

『バラケルススの薔薇』（鼓直訳）国書刊行会

＊（詩集）

『ブエノスアイレスの熱狂』（鼓直・木村榮一訳）大和書房

『創造者』（鼓直訳）国書刊行会

『永遠の薔薇・鉄の貨幣』（鼓直・清水憲男・篠沢眞理訳）国書刊行会

『ボルヘス詩集』（鼓直訳）思潮社

＊（エッセー集、その他）

『異端審問』（中村健二訳）晶文社

『エバリスト・ガリエゴ』（岸本静江訳）国書刊行会

『夢の本』（堀内研二訳）国書刊行会
『ボルヘス、オラル』（木村榮一訳）水声社
『七つの夜』（野谷文昭訳）みすず書房

＊（共編著）
『幻獣辞典』マルガリータ・ゲレロ（柳瀬尚紀訳）晶文社
『ボルヘス怪奇譚集』ビオイ＝カサーレス（柳瀬尚紀訳）晶文社
『天国・地獄百科』ビオイ＝カサーレス（牛島信明・内田吉彦・斉藤博士訳）水声社
『ブストス＝ドメックのクロニクル』ビオイ＝カサーレス（斉藤博士訳）国書刊行会

7

コルタサル——聖なる時間

花の戦

コルタサルの初期の短編集『遊戯の終り』(一九五六)のなかに、「夜、あおむけにされて」という印象深い短編がある。いちど読んだら忘れられない作品だ。ページをくるごとに緊迫感が盛りあがり、最高潮に達したとき、一挙に終わる。こちらも似たような目にあうかもしれないという恐怖感もたっぷり味わわされる。コルタサルの短編作家としてのうまさがいかんなく発揮されている作品である。

主人公の青年が、ある朝、バイクにのって街に出る。さわやかな風が吹きわたり、エンジンの唸りも心地よい。ショーウィンドーや瀟洒《しょうしゃ》な家並みを眺めながら、舗装された並木道を快調に走っていく。だがふいに女性が車道に飛び出してきて、それを避けようとした青年はバイクもろとも転倒する。腕の骨を折ってしまい、病院にかつぎ込まれ、手術を受けるが、麻酔で眠っているうちに、アステカ時代の「花の戦《いくさ》」のただ中を逃げまどっている自分を見いだす。

「花の戦」というのは、アステカ族がピラミッドの上で太陽にささげる人間を確保するために、周辺の部族にしかけた戦いのことだ。アステカの宇宙観によれば、太陽が夜のあいだ、闇と熾《し》烈《れつ》な戦いをくりひろげ、負ければ太陽は消え、世界が滅びるという。そこで太陽を応援し、活力を与えるために、たえず人間の生きた心臓と血をささげねばならない。「花の戦」はそのための人間を生け捕りにする戦争のことだ。

「夜、あおむけにされて」では、アステカの戦士たちの追跡が執拗で、逃げまどう主人公は、ときおりはっとして目をさますのだが、すぐにまた眠りこんで、恐ろしい密林や沼地へ舞い戻ってしまう。そうやってふたつの世界を行ったり来たりしているうちに、とうとう捕えられる。「たいまつの火と楽しそうな叫び声が彼を取り巻いていた。一、二度ナイフがむなしく空を切った。その時背後から縄をかけられた」(木村榮一訳)

やがて神官たちがやってきて、牢のなかからピラミッドにむかってかつぎ出される。「彼らは縄を弛めると、青銅のようにごつごつした熱い手で押さえつけた。彼はあおむけにされたままかつぎ上げられ、四人の伴僧によって乱暴に通路をはこばれた」

だが必死にもがくと、なんとかふたたび病室の心地よいベッドの上で目覚める。まわりの患者たちは静かな寝息をたてており、すべてが平穏だ。彼もほっとして、ミネラルウォーターの瓶に手をのばすのだが、またも激しい睡魔がおそってきて、「彼の指はふたたび虚ろな闇をつかんだ」というのである。

もの本によれば、神官たちはピラミッドの上で、黒曜石のナイフで生け贄《にえ》の胸を切り開くと、心臓を取り出して、神殿の壁に投げつけた。そして死体をピラミッドの北側の石段から投げ落とした。

「夜、あおむけにされて」では神官がいよいよナイフをふりかざすと、主人公はしきりに目をしばたたかせて、なんとか目をさまそうとするが……、そう、うまくいかない。そのときふと一瞬のひらめきのように、夢こそが現実だったのだとさとるのである。

コルタサルは日常のなかにひそむ不思議な時間や空間を、巧みに描きだすことのできた作家だ。主人公たちは部屋のなかにじっと座っていても、あるいは街中を歩きまわっていても、何かの拍子にそうした不思議な時間や空間に出くわす。そしてうっかりそこに足を踏み入れたばかりに、それぞれの世界がひょいと裏返されたりする。そのめくるめくような感覚を、コルタサルの短編群は味わわせてくれる。文章も練れており、実にしなやかで美しい。

独自の流儀

コルタサルは六〇年代に入ってからいくつかの長編を手がけた。なかでも『石蹴り遊び』(一九六三)が有名だ。題名にはシンボリックな意味が込められており、平たい石を蹴って、〈天〉をめざす遊びにならって、この小説の主人公も、聖なるものや超越的なものをもとめて、パリやブエノスアイレスの街をさまようのである。

コルタサルはこの作品で、西欧的な合理主義や価値観を壊したかったと述べている。登場人物はいささか風変わりだが、その言動にこそするどい批判精神がこめられている。若い世代に圧倒的に支持されてきた作品だ。

『石蹴り遊び』が刊行されたとき、その前衛性や実験性が話題を呼び、ジョイスの『ユリシーズ』に比すべき重要な作品だと評された。構成が奇抜で、百五十あまりの断章は、さまざまに組み合わせて読むことができる。たとえばパリを舞台にした第一部と、主人公がブエノスアイレスに帰ってからの第二部だけを読み、「その他もろもろの側から」という第三部を無視するという読み方がまず可能だ。これだと物語に集中できて、ストーリーを楽しめるという利点がある。もっとも作者は、そうしたありきたりの直線的な読み方があまり好きではないようだ。第三部のぼうだいな断章を折り込みながら、第一部と第二部を読むのを勧めている。第三部には、新聞の切り抜きや書物からの引用、詩の断片や小説論など、じつに多様なテキストが並んでいる。それらの断章を、用意された「指定表」にしたがって読んでいくわけだ――「73-1-2-116-3-84……」といったふうに。あちこちページを繰らねばならないから、いささかせわしない感じがするが、コルタサルのねらいは、読者を作品の創造過程にひきこむことにある。だから自分の好みにあわせて、これら以外の読み方もあっていいわけで、冒頭にも「本書は、本書独自の流儀において多数の書物から成り立っている……」と書きしるされているのだ。

◆フリオ・コルタサル　Julio Cortázar（アルゼンチン、１９１４-１９８４）
『遊戯の終り』（木村榮一訳）国書刊行会

『石蹴り遊び』（土岐恒二訳）集英社文庫
『秘密の武器』（木村榮一訳）国書刊行会
『すべての火は火』（木村榮一訳）水声社
『通りすがりの男』（木村榮一、他訳）現代企画室
『海に投げ込まれた瓶』（鼓直・立花英裕訳）白水社
『悪魔の涎・追い求める男』（木村榮一訳）岩波文庫
『遠い女』（木村榮一、他訳）国書刊行会
「占拠された家」（内田吉彦訳）『アルゼンチン短編集』所収、国書刊行会

＊（ルポルタージュ）
『かくも激しく甘きニカラグア』（田村さと子訳）晶文社

8

イサベル・アジェンデ――あふれる物語

抜群のストーリーテラー

ラテンアメリカの女性作家十人にインタビューした本に『プライベートな物語』というのがある。子供時代のことや、作家になるまでのいきさつ、あるいは人生の半ばで遭遇した事件(たとえば亡命など)を話題にしている。十人の作家のなかに、ルイサ・バレンスエラやエレナ・ポニアトウスカなどのほかに、イサベル・アジェンデの名前も見られる。アジェンデの代表作『精霊たちの家』(一九八二)が各国語に翻訳されだしたころのインタビューだけに、聞き手から、あなたは世界的なベストセラーを書いた最初のラテンアメリカの女性作家です、と称《たた》えられている。

アジェンデは十代の半ばでジャーナリストの道に入り、ながく第一線で活躍していたが、チリでおじであるアジェンデ大統領がクーデターで倒れると(一九七三)、弾圧を恐れて、夫や子供とベネズエラに亡命した。デビュー作となった『精霊たちの家』は、チリにのこった祖父の哀しみを思いやって書いたのだという。スペインで刊行されるや、スペインのみならずラテンアメリカでも圧倒的な人気を博した。『精霊たちの家』のあと、いくつかの長編と短編集を手がけ、とくに『エバ・ルーナ』(一九八七)と『エバ・ルーナのお話』(一九九〇)のあいつぐ成功により、その地位を不動のものにした。流れるような豊かな表現が、この作家の最大の魅力だろう。なめらかな口調で、多彩な物語をえんえんとつむぎだしていく。抜群のストーリーテラーだというほかない。

過剰な想像力

『精霊たちの家』で語り手は、祖母(クラーラ)の書きのこした日記を手がかりに、一族の歴史の再現を試みる。物語は祖母が十歳のころのエピソードからはじまる。すぐにも教会での場面があり、ベンチを一列まるごと占領するようにして、クラーラと両親、それにおおぜいの兄弟たちが並んで座っている。物語はこの日のできごとにはじまり、クラーラの孫(つまり語り手)の代にむかって進んでいくのである。

教会の場面では、このあとファナティックな神父が登場し、ユーモラスな雰囲気がかもしだされる。神父は説教壇の上から、激越な調子で、肉体の罪の恐ろしさを説くのだが、信者たちはあまり気にとめずに聞きながすふうである。だが神父はなおも参列者のだれかれを指さしながら非難のことばをあびせる。指さされた当人は困惑しつつ、罵倒のような叱責を忍耐するほかない。「汝は、桟橋で春をひさぐ恥知らずな女だ」とののしられる、神経痛で足のきかない老女は、「春をひさぐというのがどういう意味なのか」わからずに目を白黒させるしまつだ

（木村榮一訳）。

アジェンデの語り口には、つねに軽やかなユーモアがただよい、この作家の文章をさらに親しみやすいものにしている。くだんの神父のファナティックな一面は、やがて中心人物のひとりであるエステーバン・トゥルエバにひきつがれる。語り手の祖父にあたるこの男（のちにクラーラの夫になる）は、全編にわたって登場し、ラテンアメリカの典型的なマッチョとして、しばしば暴君のようにふるまうが、どこか憎めないところもある。すぐに短気を起こして、わめいたり暴力をふるったりするが、ふと感傷にとらわれ、ひそかに涙を流したりもするのだ。

『精霊たちの家』では、多彩なエピソードがつぎつぎと展開され、この作家の想像力には際限がないのではないかと思うほどだが、そうした並外れた想像力というのは、作品に登場する一族の女性たちの共通の資質でもあるという――「クラーラはひどくませていた上に、母方の血を引く一族の女性がすべてそうであるように、いささか度をすごした想像力に恵まれていた」。そうした過剰な想像力のせいだろうか、クラーラのいちばん上の姉は、髪が緑色で、目が黄色の、とびきり美しい娘だ。小説の冒頭から、アジェンデはわれわれに何でも信じ込ませるつもりらしい。そして実際そのくわだてに成功するのだが、こちらが娘の存在を受け入れ、なりゆきに期待をいだきはじめたとたん、毒入りブランデーを飲ませてあっさりと殺してしまうのだ。そして呆気《あっけ》にとられているわれわれにかまわずに、平然と語りつづけ、すぐにも物語のあらたなうねりを準備するのである。

お話が特技

『エバ・ルーナ』というのはアジェンデの三番目の長編小説だが、タイトルに使われているのは女主人公の名前だ。語り手でもある彼女は、冒頭で、いかにも活発な女の子らしく歯切れよく名のってみせる――「わたしの名はエバ。生命を意味している。この名前を選ぶために母が繰った本に、そう書いてあったそうだ」（木村榮一・新谷美紀子訳）

作品の構成はわりに単純で、最初のいくつかの断片で、語り手の死んだ母親の数奇な生涯が語られる（それはかなり波乱に富んだもので、作品の後半に登場する心やさしいトルコ人リアド・アラビーの一連の断章とともにとりわけ印象深いものだ）。母親のエピソードが一段落すると、こんどはふたつの物語が交互に語られる。ひとつは幼くして孤児となったエバ・ルーナ自身の物語。もうひとつはヨーロッパから移民してきた若者の物語。ふたりはやがてテレビドラマの脚本家と報道カメラマンに成長をとげ、小説の終わりのほうで知り合って、恋に落ちる。そしてハッピーエンドのうちに物語がしめくくられるのである。

身寄りもなく転々と放浪しながら生き抜くエバ・ルーナの遍歴をとおして、ラテンアメリカ社会のさまざまな断面が描きだされる仕掛けだが、現在の政情をあつかった後半の断章のリアリティはともかく、遠い日々や、風変わりな人物との出会いを語ったエピソードでは、アジェンデの語り口がめざましい効果をあげている。

物語のように語るのがこの作家の得意とするスタイルだが、主人公エバ・ルーナの幼いころからの特技も、人に物語を話してきかせることだ。冒険もの、恋愛もの、恐い話など、相手の好みに応じて、その場でお話をつくってみせるのだ。もっともそれらの話が、具体的にどういうストーリーのものなのか、この小説ではとくに示されない。「それじゃあ、愛のために首をなくしてしまったあの男の話の続きをしておくれ」「もう忘れちゃったわ。でも別の、動物のお話をしてあげる」といったやりとりはみられるものの、具体的にそれらがどんな話なのかはあかされない。

だが、このあと刊行された短編集『エバ・ルーナのお話』では、そうしたお話の見本ともいえるような一群の短編が収録されている。たとえば「邪悪な女の子」では、下宿屋をいとなんでいる女将さんタイプの未亡人と、まだ十代のはじめのその娘がともに、新しく越してきた男を好きになるという物語だ。

てきぱきと家事をきりもりし、間借り人たちにうるさがられるほど世話を焼く未亡人が、ある日、部屋を借りにきた風采《ふうさい》のあがらぬ歌手に心をひかれる。男のどこに魅力を感じたのか首をかしげたくなるが、身なりにあまりかまわなかった未亡人が、日に日に色っぽくなり、歌手のわがままをいちいち叶えてやろうと心をくだく。いっぽう少女のほうは、母親のそんな変わり様を観察しながら、やはり歌手にあこがれ、遠くからひそかに心をときめかせているのである。ここまではいわば第一幕で、このあと大きな展開があり、まず母親と男が親密になる。つぎに少女が男の寝室に忍び込んで大胆な行動に出るが、おどろいた男は「よせよ、この邪悪な娘」と叫んで、はねのける。家じゅうが混乱し、娘は修道院に入れられる。これだけでも十分におもしろいストーリーだが、最終幕では、後日談が付され、物語にさらにひとひねりが加えられる。つまりあれから十数年がすぎ、大人になった娘が婚約者をつれて母親の家に遊びにくる……。でもまあ、読書の楽しみを奪ってもいけないので、結末はあかさないでおこう。『エバ・ルーナのお話』ではそうした「お話」が二十数篇語られている。

豊かな生命力と色っぽさ

一九九〇年代の後半に入ってからのアジェンデに『アフロディテ』(一九九八)という一風変わった本がある。ルネ・マグリット、ボテロ、バルテュスらの絵や、裸の男女のユーモラスなイラストがふんだんに並び、巻末には百ページあまりにわたって料理のレシピがついている。前菜、スープ、肉料理、魚料理、各種のソース、デザートと献立は豊富で本格的だ。なかには「よきロマンス風チキン」「修練女のおっぱい」「アルカチョフのためいき」といった名前の料理も出てくる。じつはこれらは、食欲と精力を高めるのに抜群の効果があるとして、アジェンデの母親のお勧めのレシピである。そしてそのレシピに先立つ肝心な本文は、むろんアジェンデ自身の食とエロスをめぐる多彩なエッセイなのである。

前書きでアジェンデは、娘が亡くなってからこの三年というもの暗くてつらい日々の連続であったが、とろけるようなクリームのなかで泳いでいる夢や、俳優のアントニオ・バンデラスをメキシカンのタコス風に巻いて食べてしまう夢を見るようになってから、ようやくトンネルの出口が近いことをさとったと述べている。

この本はいわばその夢の延長線上にできあがった遊び心いっぱいの本だといえる。フランクフルトの空港で出会ったジゴロの手練手管、イースター島で口にした特性スープの強力な媚薬的効果、台所で包丁や鍋を自在にあやつる男たちにしびれる女たち……。どの話にも豊かな生命力と色っぽさがある。かつてのアジェンデがよみがえったようだ。

◆イサベル・アジェンデ Isabel Allende（チリ、1942-　）
『精霊たちの家』（木村榮一訳）国書刊行会
『エバ・ルーナ』（木村榮一・新谷美紀子訳）国書刊行会
『エバ・ルーナのお話』（木村榮一・窪田典子訳）国書刊行会

9 カルペンティエル——旅と魔術

驚異的な現実

カルペンティエルの朗読をレコードで聞いたことがある。フランス語の訛りがきわだっていた。ながくフランスに住んだせいかとも思ったが、どうやら子供のころからそんなスペイン語を話していたようだ。「外人」とあだ名されていたらしい。カルペンティエルはキューバ生まれだが、父親がフランス人で、母親はロシア人だった。家ではフランス語を話した。

カルペンティエルの小説にみられる音楽や建築学への関心は、父親の影響だと考えられるが、ある日、その父親が出奔してしまい、カルペンティエルは家計を助けるためにジャーナリストの道にはいることになった。新聞や雑誌に、美術や文学のコラムを書きはじめ、政治的な理由でパリに脱出したあとも、それがつづいた。

一九二〇年代後半のパリで、シュルレアリスムの芸術家たちと親しく交流し、やがてシュルレアリストの空想が、ラテンアメリカの現実に遠くおよばないと思うようになる。ラテンアメリカの現実のほうが、より奇抜で驚異的なものだということを「発見」したのだ。もっともその「発見」が具体的な作品として結実するまでには、なお多くの年月を要した。代表作の『この世の王国』(一九四九)や『失われた足跡』(一九五三)は、ベネズエラで書かれた。キューバ革命が成功すると故国に帰り、文化行政の要職についた。この時期の傑作として『光の世紀』(一九六二)がある。

晩年は、文化担当官としてふたたびパリに戻り、旺盛な創作活動を展開して、『バロック協奏曲』(一九七四)、『春の祭典』(一九七八)、『ハープと影』(一九七九)などの作品を上梓した。

呪術の力

『この世の王国』の舞台は、カリブ海のハイチだ。この国はラテンアメリカで、いち早く独立をなしとげたことでも知られる。黒人奴隷が蜂起し、十九世紀のはじめにフランスから独立した(一八〇四)。カルペンティエルが描くのは、そうした時代の動乱だ。奴隷から身を起こして、初代大統領になったアンリ・クリストフが登場する。この人物はのちに皇帝を名のったが、反乱にあい、自ら銃でこめかみを撃ち抜いた。

『この世の王国』を書く前にハイチを訪れたカルペンティエルは、黒人たちの魔術的な世界に強くひきつけられた。そのため彼らの呪術的な感覚が、この作品編に横溢している。冒頭に付された「序」でカルペンティエルは、「この物語はヨーロッパでは決して考えられないものであり、それゆえ一切が驚異的なものになっている」(木村榮一・平田渡訳)とのべている。

第一部の中心人物であるマッカンダルは、そうした驚異的な世界をかいま見せてくれる。マンディンゴ族の黒人奴隷だったマッカンダルは、農場主らの毒殺をくわだてる。毒として使われるのは、キノコだ。牛たちの放牧をしながら、ひそかに準備をととのえる様子が描かれる。毒性があるかどうかを調べながら、キノコや薬草を採集する。

「マンディンゴ族の男は指の腹で茸の傘を押しつぶし、毒気を含んだ匂いを鼻に近づけたあと、その指先を牛に嗅がせた。牛は怯えたような目で顔をそむけると、大きく息をついた。同じ種類の茸がもっと欲しくなったマッカンダルは、それをさがしに行き、集めた分は首から下げた生皮の袋に仕舞いこんだ」

毒キノコが奴隷たちの武器だったわけだ。それを井戸の水に溶かしこむと、やがてあちこちの農場で、死臭がただようことになる。家畜だけでなく、人間もおびただしく死んでいった。奴隷たちの反乱が、そうやってはじまった。

黒人たちは喜々として、ブードゥー教の神々に祈りをささげた。マッカンダルが呪術の力で自在に鳥や虫に姿を変え、白人たちを翻弄できると信じていた。だから、彼が捕まって火あぶりにされたときも、蚊か何かに変身して、またも白人たちの裏をかいたのだと信じて疑わなかった。

「その日の夕方、奴隷たちはそれぞれの農場に戻って行ったが、そのあいだずっと笑い通しだった。やはり、マッカンダルの言葉に嘘《うそ》はなかった。この世の王国に踏み留まっていたのだからな。またしても白人どもは、海の向こうに住む至高の神々に虚仮《こけ》にされたというわけだ」

ラテンアメリカの驚異的な世界に目を向けたところに、カルペンティエルの独特な新しさがあった。その豊かな鉱脈は、やがて後続の作家たちによって、大いに開発されることになる。民衆の主観的現実を描くことで、魔術的リアリズムが生み出されていったのである。

原始への旅

『失われた足跡』の主人公は音楽家で、摩天楼の大都会から、愛人をつれて、南米へ出かけるところから小説がはじまる。先住民インディオが使ってきた原始的な楽器を手にいれるのが目的だ。まずベネズエラの首都カラカスへ飛び、それから船でオリノコ河をさかのぼる（地名は特定されていないが、それと知れる）。

ラテンアメリカに足を踏み入れたとたん、音楽家は市街戦に遭遇する。戦車が走りまわり、機関銃の音が鳴りひびく。クーデターが頻発した政情に対する皮肉なのだろう。そこでは「権力から監獄への移行」は日常茶飯事だ。

やがて音楽家は首都を離れ、河をさかのぼって、ジャングルのなかに分け入る。河をさかのぼるにつれて、ラテンアメリカの驚異的な現実があらわになる。河沿いの集落に、植民地時代や征服時代の暮らしがそのままのこっている。いや中世や古代、さらには石器時代や創世記さえそこにある。主人公はしまいに慨嘆する――「このエノクの町が、飛行機で直行すれば、首都からわずか三時間のところにあることを知っておどろいた。すなわち、「創世記」の第四章と〈あちら〉で経過している時代の年号とのあいだにある五十八世紀を、一八〇分で渡りきることができるのである」（牛島信明訳）。

原始の生活に魅せられた主人公は、密林にのこることを決意する。道中で知り合った混血女に恋してしまったことも原因している。彼女のおかげで、生命力をとりもどし、肉体も精神も充実させることができた。その過程が、旅そのものの見どころだといえる。

だが、音楽家はやがてのっぴきならぬジレンマにおちいり、五十八世紀間を一気に引き返すことになる。カルペンティエルはハッピーエンドよりも、いささか切ない結末を選んだ。

◆アレホ・カルペンティエル　Alejo Carpentier（キューバ、1904-1980）

『この世の王国』（神代修訳）創土社

『この世の王国』（木村榮一・平田渡訳）水声社

『失われた足跡』（牛島信明訳）集英社文庫

『追跡』（杉浦勉訳）水声社

『時との戦い』（鼓直訳）国書刊行会、集英社

『光の世紀』（杉浦勉訳）水声社

『バロック協奏曲』（鼓直訳）サンリオ文庫

『ハープと影』（牛島信明訳）新潮社

10

ビオイ=カサーレス――幻と狂気

ボルヘスとの親交

ビオイ=カサーレスを語るとき、かならずボルヘスの名前が引き合いに出される。ふたりは、若い時分から、共同で作品を書いたり、文芸誌を編集したりした。そうした共同作業をつうじて、ビオイ=カサーレスもボルヘスも自らのスタイルを築きあげていったのはたしかである。ボルヘス自身、ビオイ=カサーレスのおかげで、凝りすぎた文体や衒学《げんがく》的な性癖から脱することができたと述べているし、ビオイ=カサーレスも、十数歳年長のボルヘスとの出会いが、生涯で最大の幸運のひとつだったといってはばからない。ビオイ=カサーレスがはじめてボルヘスと会ったのは、十六か十七歳のころである。ふたりは年齢の隔たりをあまり意識しなかったようだ。

乗馬姿のビオイ=カサーレスの写真が自伝の表紙を飾っている。幼いころから乗馬に親しむ裕福な家庭に育ち、二十歳のころから農場の経営をまかされていたらしい。その農場へ遊びにやってきたボルヘスと、牛乳の宣伝チラシを練りあげたのが、共同執筆の初仕事だった。のちにユーモアをまじえながら、そうしたエピソードを自伝に書いている。

ふたりの楽しみをかねた共同作業は、長くつづいた。推理小説への偏愛から、探偵もののシリーズを編纂《へんさん》し、H・ブストス＝ドメックの筆名で『イシドーロ・パロディ氏の六つの難問』（一九四二）を書いたのは有名な話だ。共作のエッセイ集もある――『ブストス＝ドメックのクロニクル』（一九六七）。

ビオイ＝カサーレスは十代の前半から小説を書いていたが、ボルヘスとの親交を通じて、一流の作家へと成長をとげていった。もっとも長編を書かなかったボルヘスにくらべて、豊かな物語性への嗜好があり、その傾向を強めることでボルヘスの亜流におちいらずにすんだ。代表作に『モレルの発明』（一九四〇）、『豚の戦記』（一九六九）などがある。

原寸大の「幻」

絶海の孤島にのがれてきた『モレルの発明』の主人公は、捕まれば死刑という身の上だ。どんな罪を犯したか定かでなく、自分では無実だと悔しがるが、必死にこの孤島に逃げてきたことだけは明らかだ。

島には礼拝堂とか博物館、プールといった施設があるが、現在は見捨てられており、島はまったくの無人だ。だがその無人のはずの島の上のほうから、いきなり「バレンシア」や「二人でお茶を」の音楽が聞こえてくる。海岸の沼地に身をひそめていた主人公は、おどろいて偵察に出かけると、プールのまわりにおおぜいの男女が、踊ったり、泳いだり、談笑したりしている光景に出くわす。それが毎日くり返され、男はやがて、丘の斜面に腰をおろして沈んでいく夕日をじっと見つめる女性（フォスティーヌ）に恋してしまう。

小説ではこのあと、恋する男の涙ぐましい奮闘ぶりが描かれる。フォスティーヌに言い寄る髭づらの男（モレル）に嫉妬したり、彼女にささげるための花壇をこしらえたりするのだが、じきに丘の上でくり返されるにぎわいは、原寸大の「幻」であることがのみこめてくる。モレルの発明した仕掛けが、それを可能にしていたのだ。

切ないのは、主人公がそれでもフォスティーヌの幻を追いつづけることだ。ふたりをへだてる距離は、それこそ無限だが、男はほんのわずかでも近づこうと、知恵をふりしぼり、わが身さえも犠牲にする。「日記」にしるされた男の最後の願いは、胸にせまる――「この報告にもとづいて、分散した存在を集め直すことのできる機械を発明しようと考える方がおられたら、私はこうお願いしたい、どうかフォスティーヌと私を捜しだして、フォスティーヌの意識という天国へと私を入らせて頂きたい、と。それは慈悲深い行為となるだろう」（清水徹・牛島信明訳）。

強者の傲慢

ビオイ＝カサーレスの作品のなかで、『豚の戦記』がいちばん衝撃的だろう。老人狩りの物語である。

主人公のイシドーロ・ビダルは息子とブエノスアイレスの古風な長屋に住んでいる。まだ五〇代の後半だが、若者たちから見れば、もう立派な年寄りだ。冒頭の場面では歯医者へ出かけるが、すべての歯を入れ換えられてしまう。

『豚の戦記』の〈豚〉とは、老人たちのことだ——「若いやつらに言わせると年寄りは（……）図々しくて、欲張りで、大食いで、汚らしい。正真正銘の豚なんだ」（荻内勝之訳）

そうした「偏見」が何かの拍子に、熱病のように市民のあいだに広まり、恐ろしい老人狩りがはじまる。若者たちが徒党を組んで、老人を襲撃し、ときにはなぐり殺す。イシドーロ・ビダルの仲間も何人かやられる。いくらか若い彼も、四六時中びくびく怯え、屋根裏に身を隠す屈辱感を味わわねばならない。われわれがこの作品を読むと、あらゆる偏見や差別にさらされている人々の、恐怖や屈辱感にも思いをはせることになる。むろんそうした悲惨をもたらす強者たちの傲慢さと狂信にも。

ところで、『豚の戦記』には、イシドーロ・ビダルに恋する若い娘が登場する。「この娘には若い女の活力と美しさの特徴がこの上なくみごとにあらわれている」というほどの魅力的な娘だ。その彼女にビオイ＝カサーレスは「あなたも引っ越して、わたしと一緒に暮らさない？（……）呼び鈴を鳴らしたり待ったりしなくてもいいように鍵も渡しておくわ」といわせている。年輩者たちのひそかな願望も、小説のなかでかなえてみせて、大いに楽しんでいるようだ。こわい話だが、どこかユーモラスなところもある作品だ。

◆アドルフォ・ビオイ＝カサーレス　Adolfo Bioy Casares（アルゼンチン、1914-1999）

『モレルの発明』（清水徹・牛島信明訳）水声社

『脱獄計画』（鼓直・三好孝訳）現代企画室

『豚の戦記』（荻内勝之訳）集英社文庫

『日向で眠れ・豚の戦記』（高見英一・荻内勝之訳）集英社

「パウリーナの思い出に」（平田渡訳）『美しい水死人』所収、福武文庫

「未来の王について」（井上義一訳）『遠い女』所収、国書刊行会

「烏賊はおのれの墨を選ぶ」（内田吉彦訳）『アルゼンチン短編集』所収、国書刊行会

「大空の陰謀」（安藤哲行訳）『ラテンアメリカ怪談集』所収、河出文庫

＊（ボルヘスとの共編著）

『ボルヘス怪奇譚集』（柳瀬尚紀訳）晶文社

『天国・地獄百科』（牛島信明・内田吉彦・斉藤博士訳）水声社

『ブストス＝ドメックのクロニクル』（斉藤博士訳）国書刊行会

11

オクタビオ・パス——強靱《きょうじん》な知性

アメリカ、日本、パリ

オクタビオ・パスがあるインタビューで、二十代の貧しかったころのことを語っている。新聞や雑誌への寄稿はわずかな原稿料にしかならず、いくつかのアルバイトをこなさなければならなかったが、そのひとつがメキシコの日銀のようなところで、焼却処分にする紙幣をかぞえることだった。いつも枚数があわず、気がめいっていたが、やがて多少のちがいは誰も気にしないことがわかって、紙幣をかぞえながら詩をつくることにしたそうだ。アメリカ留学中も貧乏な時代がつづき、ホテルの部屋代が払えなくて、支配人の好意で地下室のようなところに住まわせてもらったが、そこは老婦人たちの集会所だったらしく、しばしば会合が終わるのを待たねばならなかったという。とはいえ詩人としてのパスにはその時代は重要だったようで、こう回想している——「……サンフランシスコの日々はすばらしかった。肉体と精神が酔いしれ、自由な空気を胸いっぱいに吸い込めるような日々だった。わたしはその地で、自分の詩の道を歩みはじめた。もし詩に道があればの話だが」

窮乏していたパスにとって幸運だったのは、そのころ父親の友人が外務大臣に就任し、その助力で外交官に採用されたことだ。それ以来、メキシコでの学生大虐殺事件（一九六八）に抗議してインド大使の職を辞すまでの二十数年、外交官として日本やインドにも赴任し、東洋の影響を強く受けることになる。芭蕉の『奥の細道』を翻訳したり、日本や中国の文学をスペイン語圏の国々に紹介したりした。

戦後赴任したパリではシュルレアリスムの作家たちと交流し、詩集『言葉の陰の自由』の第一集（一九四九）を上梓した。また評論活動の出発点となった『孤独の迷宮』（一九五〇）もこの時代に書かれている。メキシコ人を論じたこの評論集は、パスのすぐれた洞察力と明晰な文体を世界にアピールすることになった。

祭りと花火

『孤独の迷宮』の冒頭でパスは、アメリカとメキシコを対比して、アメリカ人がいやなことを忘れるために酒を飲むのに対して、メキシコ人は告白するために酔っぱらうのだと述べる。陽気で気さくだと思われているメキシコ人は、じつは胸のうちをさらけだすのを極端に嫌うという。マッチョな彼らにとって、饒舌に内面を語るのは、恥ずかしいことだ。己をかたく閉ざすのが美徳で、腹を割って話すとか心を開くというのは、なんとも見苦しいものに思えるようだ。

パスは、そうした寡黙なメキシコ人が、なぜあれほど祭り好きで、打ち上げ花火に見とれるのかを分析する。マッチョな男たちの胸のうちにたまったフラストレーションを、一気に解放する場が祭りだというのだ。酒を浴びるように飲んで、胸のなかの苦しい思いを一気に語り出す。それが「告白」だというわけだ。緊張と狂気をはらんだ告白は、ときには殺しあいに発展しかねない——「日常生活において自分を隠すわれわれは、フィエスタの竜巻の中で、ぱっと自己をさらけだす。胸襟を開く、というよりもひき裂くのである。歌も恋も友情も、すべて叫び声と暴力で終わる」

そして花火は、夜の闇を切り裂きながら空高くあがり、やがて音高く炸裂して、色とりどりの火の粉を飛ばして落下するが、その鮮烈な沈黙と解放、生と死のイメージは、メキシコ人の生き方や死生観をよく描きだしている、とパスは述べる。なるほど、メキシコ革命のさまざまな場面をふりかえるとき、あるいはルルフォの小説を読むとき、そんな気がしないでもない。

言葉の力

オクタビオ・パスにはじつに多くの著作がある。『尼僧フアナ・イネス・デ・ラ・クルス、もしくは信仰の罠』（一九八二）といった魅力的な評伝や作家論、あるいは邦訳のある詩論『弓と竪琴』（一九五六）や『泥の子供たち』（一九七四）、ラテンアメリカのみならず、世界全体の文明を視野に入れた政治評論『くもり空』（一九八九）や『大いなる日々の小さな年代記』（一九八九）、さらには『クロード・レヴィ＝ストロースあるいはアイソーポスの新たな饗宴』（一九六七）や『大いなる文法学者の猿』（一九七四）といった文化人類学関連の著作もある。

その強靱《きょうじん》な知性と旺盛な好奇心にはひたすら驚かされる。

とはいえ、一九八二年にセルバンテス賞を、九〇年にノーベル賞を受賞したパスは、『大いなる日々の小さな年代記』に収められたインタビューのなかでこのように述べている――「わたしは自分を詩人だと感じます。わたしは詩人になりたいと願っています。実際のところはわかりませんが。わたしの情熱、つまりわたしにとって中心なものとは詩なのです。（……）あれこれの小説や論文を書くのは、ある種の職業です。詩は職業ではなく、情念です」（曽根尚子訳）

詩人としてのパスは、愛や旅や時間を中心のテーマに据える。楽園から追放された人間の根源的な孤独を、〈言葉〉の力で癒そうとくわだてる。そこには〈言葉〉へのかぎりない憧憬と願望がひそんでいる――「沈黙と騒音に対抗して私は言葉を生み出す。言葉は自由であり、日々自身を生み出すとともに、私を生み出すのだ」

Dos cuerpos frente a frente　　むかいあう二つのからだ
son dos astros que caen　　あるときは虚空に落ちる
en un cielo vacío　　二つの星

（桑名一博訳）

◆オクタビオ・パス　Octavio Paz（メキシコ、1914-1998）

『オクタビオ・パス詩集』（真辺博章訳）土曜美術出版
『オクタビオ・パス詩集　続』（真辺博章訳）土曜美術出版
「波と暮して」（井上義一訳）『ラテンアメリカ怪談集』所収、河出文庫
「流砂」（木村榮一訳）『遠い女』所収、国書刊行会
「白」（鼓直訳）『ラテンアメリカ五人集』所収、集英社文庫

＊（評論集）
『孤独の迷路』（吉田秀太郎訳）新世界社
『孤独の迷宮』（高山智博・熊谷明子訳）法政大学出版局
『弓と竪琴』（牛島信明訳）国書刊行会
『クロード・レヴィ＝ストロース　あるいはアイソーポスの新たな饗宴』（鼓直・木村榮一訳）法政大学出版局
『レヴィ＝ストロース　光と翳』（今防人訳）新曜社
『大いなる文法学者の猿』（清水憲男訳）新潮社
『泥の子供たち』（竹村文彦訳）水声社
『くもり空』（井上義一・飯島みどり訳）現代企画室
『大いなる日々の小さな年代記』（曽根尚子訳）文化科学高等研究院出版局
『エロスの彼方の世界――サド侯爵』（西村英一郎訳）土曜美術出版
『二重の炎』（井上義一・木村榮一訳）岩波書店
『三極の星』（鼓宗訳）青土社

12 ネルーダ——すべてを詩に

イスラ・ネグラ

ネルーダは太平洋を見晴らすイスラ・ネグラ（黒い島）の家を、ことのほか気に入っていたようだ。イスラ・ネグラという心地よい響きのあるこの地名はネルーダの作品にしばしば登場して、いまではネルーダの名前とわかちがたく結びついている。「黒い島」とはいっても島ではなく、チリの首都サンチアゴからさほど遠くないところにある小さな入り江だ。ごつごつした岩場の上にネルーダの家は立っており、波しぶきが窓辺まで飛んでくることがある。

この家を手に入れた一九三〇年代の終わりごろというのは、ネルーダが『二〇の愛の詩と一つの絶望の歌』（一九二四）や『地上の住みか』（一九三五）などの内省的な詩人から、行動派の詩人へと変貌をとげていく時代だ。気力がふたたび充実してきて、新しい詩集に取り組むための仕事場をさがしていた、と『ネルーダ回想録——わが生涯の告白』（一九七四）に書いている。イスラ・ネグラの家を見て、心を奪われ、すぐにも購入を思いたって出版社に前借りを申しこんだが、断られてしまったという。だがそれでも資金を工面して、ネルーダはやがてここを拠点にめざましい活躍を展開することになる。ときには盛大なパーティーをひらくこともあったが、晩年フランス駐在大使をつとめ、ノーベル賞を受賞し、共産党の大統領候補にまでなったこの詩人は、一方ではたいへんな美食家で、贅沢《ぜいたく》なワインの目利きでもあったそうだ。

かつてイスラ・ネグラの若い賓客となったバルガス＝リョサは、二十五年ぶりにここを訪れているが、ネルーダのさまざまな蒐集品、木馬や船首像、瓶に入った帆船やアフリカの仮面、貝殻類やイタリア製のオルゴールなどが並べられ、そのたたずまいは往時のままだったと感慨深げに語っている。

愛の詩

スペインやラテンアメリカの大学では、作家を招いての朗読会がしばしばおこなわれる。詩は耳で聞いたほうが、抑揚や間の取りかたで、おのずからいろんなことがわかってくるものだ。ネルーダもそうした朗読会に何度となく呼ばれた。とりわけノーベル賞受賞後に訪れたリマでの朗読会は、アイドル歌手なみの盛況だったと、友人のホルヘ・エドワーズが『詩人よ、さらば』（一九九〇）で記している。会場の熱気がぐんぐん高まり、みんなの聞きたい作品を気配で察したネルーダが、しばしの沈黙のあと、低くはりのある声で、《今宵《こよい》　ぼくはこの上なく悲しい詩を書くことができる》ときりだすと、会場は割れんばかりの拍手喝采につつまれたという。

今宵　ぼくはこの上なく悲しい詩を書くことができる
たとえば　こう書くことができる「夜は星を散りばめ
星たちは遠くで　青くふるえている」と。
夜風が　空をめぐり　歌う。
今宵　ぼくはこの上なく悲しい詩を書くことができる。
ぼくは彼女を愛した　時には彼女も　ぼくを愛した……

（松田忠徳訳）

Puedo escribir los versos más tristes esta noche,
Escribir, por ejemplo: «La noche está estrellada,
y tiritan, azules, los astros a lo lejos.»
El viento de la noche gira en el cielo y canta.
Puedo escribir los versos más tristes esta noche.
Yo la quise, y a veces ella también me quiso.

『二〇の愛の詩と一つの絶望の歌』所収の二〇番目の詩編である。ネルーダは若いころのこの詩集ばかりがもてはやされることを不満に思っていたようだが、恋人たちのあいだでの絶大な人気に抗《あらが》うことはできなかった。『二〇の愛の詩……』はラテンアメリカでもっとも読まれてきた詩集だといえる。そこには大地や海の香り、豊かな官能性やものうげな感傷など、ネルーダの魅力が横溢《おういつ》しているのである。

あふれる詩心

ネルーダは時代ごとに大きな変貌をとげていった詩人だ。初期の感傷をたたえた官能性は、『地上の住みか』では内省的なものに変わり、四〇年代に入ると一転して、南アメリカ大陸の自然や歴史、民衆の苦悩をうたうようになった。

アンデス山中のマチュ・ピチュの遺跡を訪れたときネルーダは、滅び去ったインカの民の哀しみ、その末裔《まつえい》の幾世紀にもわたる嘆きの声を敏感に感じとった。それはやがて、「マチュ・ピチュの高み」という十二の詩編に結実することになる。最後の詩編で詩人は、死んでいった名もなき人びと、農夫や牧夫、織工や陶工に呼びかける——

わたしがここにきたのはきみたちの死んだ口をとおして語るためだ。
散り散りになったきみたちの物言わぬすべての唇を
大地のなかでひとつに集め
わたしがきみたちと同じ錨に繋がれているかのように
この長い夜をかけて地の底からわたしに語れ。
（矢内原伊作訳）

『大いなる歌』（一九五〇）に収められたこの作品は、ネルーダの代表作だけあって日本ではいくつかの翻訳で読めるばかりでなく、立派な詩画集としても刊行されている（みすず書房）。付録の朗読テープを聴くと、ネルーダのゆったりした声が詩編ごとに大きくうねり、しだいに高揚していくさまは圧巻である。叙事詩らしい力強さにみちて、読む者の心をゆさぶらずにはおかない。だがそうした壮大なスケールの作品もすばらしいが、玉ねぎやレモン、糸や木材といった身辺の事物を称えた一連の頌歌《オード》も捨てがたい。『基本的なオード』（一九五四〜五九）に収められたそれらの小品に触れると、あふれんばかりの詩心にめぐまれたネルーダは、目に映るものすべてを詩にうたうことができたのだな、とあらためて気づかされる。

パンよ　おまえは
小麦粉と
水とでこねられて
火に焼かれて
脹《ふく》れあがる
重苦しそうと思えば　軽やかになり
平《ひら》たいと思えば　丸くなり
おまえはまるで
母親の
お腹《なか》の

まねをする……

「パンへのオード」（大島博光訳）

◆パブロ・ネルーダ　Pablo Neruda（チリ、1904-1973）

『二〇の愛の詩と一つの絶望の歌』（松田忠徳訳）富士書院

『愛のすべて　ネルーダ詩集』（松田忠徳訳）富士書院

『マチュ・ピチュの高み』（矢内原伊作訳）みすず書房

『マチュ・ピチュ山頂』（田村さと子訳）鳳書房

『ネルーダ回想録――わが生涯の告白』（本川誠二訳）三笠書房

13

ブライス＝エチエニケ――饒舌な語り口

パリで作家に

どうどうめぐりをしながら明るく軽快に、そして剽軽《ひょうきん》に語るブライス＝エチェニケのスタイルだが、ふと気がつくと、話が思いがけぬところへ進展しており、はっとさせられる。その意外性がこの作家の魅力のひとつで、饒舌体を巧みにあやつり、たえず笑いをしかけるのである。作者とほぼ等身大の主人公が出てきて、おのれの失敗や不幸を自虐的に笑いとばしたりする。回想録『生きてもよろしいでしょうか』（一九九三）を読むと、そのどたばた的なスタイルは衰えるどころか、ますます勢いづいてきたようにもみえる。読者を大いに笑わせ、楽しませ、しまいにはしんみりとさせてしまう。それがブライス＝エチェニケの戦略であり、失敗に終わることはめったにない。

回想録のなかで語られるエピソードはどれもたわいのないものばかりだが、語り口のおもしろさでどんどん読まされてしまうのだ。座右の銘にしているバルガス＝リョサのアドバイス「あらゆるエピソードが文学になるんだよ、アルフレド」を地でいっているといえるだろう。

回想録によれば、エチェニケはペルーの大学を卒業して、二〇代の後半にパリにやってきた。そしてそのまま長くフランスにとどまることになるが、当時のパリに同じペルー出身のバルガス＝リョサやフリオ・ラモン・リベイロがいたことが幸いしたようだ。最初の短編集『囲いのなかの果樹園』（一九六八）の名付け親はリベイロだが、肝心な草稿は盗まれるし、キューバの有名なカサ・デ・ラス・アメリカス賞の受賞をめぐって、いち日のうちにめまぐるしく喜んだり、落胆したりしなければならなかったらしい。そのあげくに、何ヵ月かあと、パリの左翼系の本屋で、知らぬ間にキューバで刊行されていた『囲いのなかの果樹園』を七冊ほど見つけ、値段は高いし、母親や友だちにプレゼントする分もいるというので、七冊まるごとの万引きをくわだてたところ、あえなく発見されてしまったという。彼が著者だと分かると、無一文の彼に本をプレゼントしてくれて、おめでとうと肩をたたかれて送り出されたのだそうだ。ブライス＝エチェニケが語るエピソードは、たいがいそんなふうにこっけいで、どことなく悲哀がただようのである。

世界的な作家へ

エチェニケがパリで数年かけて書いた原稿を、バルガス＝リョサが読んで、出版社を紹介している。それが一九七〇年に刊行された『ジュリアスの世界』だ。ジュリアスという少年の目をとおして、ペルーのとある名門の黄昏を描いている。母親の物憂げな日々や、美しい乳母との何不自由ない暮らし、死をとげる姉、乳母にちょっかいを出す兄、母親の再婚、古い邸宅からの引っ越し、娼婦になった乳母、そしてやがて訪れる幼年期との決別……。この作品は好評を博し、とくにペルーでは、左翼の軍事政権が人気をあつめていた時期だけに、上流階級の没落や貴族的な豪勢な暮らしの終焉《しゅうえん》が、軍事政権のもたらす好ましい現実を描いたものとして受けとめられたようで、さきの回想録でエチェニケは、いつもの諧謔《かいぎゃく》的な口調でそのことにふれて、『ジュリアスの世界』は刊行当初「革命の小説」ともてはやされ、やがて「革命的な小説」といわれ、しまいには「ある階級の白鳥の歌」との評価におちついたと述べている。いずれにせよこの小説はフランスで最優秀外国小説賞(一九七四)に輝き、ブライス゠エチェニケはいわゆるポストブーム世代のもっとも有力な作家として期待されるようになった。

『ジュリアスの世界』につづく長編は、邦訳のある『幾たびもペドロ』(一九七七)だ。この作品を契機にエチェニケの文体は、小心と屈辱にさいなまれる中年男のどたばた的な日常を浮かび上がらせるのに適した自虐的な饒舌体へと一気に傾斜していくのである。主人公は、裕福な母親からの仕送りで生活する作家だが、憧れの女性をさがしもとめて、つぎつぎと遍歴をかさね、そのたびに失望を味わう。酒を飲んで酔っぱらい、現実と書いている小説のエピソードが混ざりあって、ひどい混乱ぶりを示すのである。成功した小説とは必ずしもいえないが、この文体の発見がエチェニケに旺盛な創作欲をもたらしたことはたしかで、今日にいたるまで大部な作品を発表しつづけている。『オクタビア・デ・カディスのことを話していた男』(一九八五)、『マルティン・ロマーニャの大げさな生活』(一九八七)、あるいは『フェリペ・カリージョの最後の引っ越し』(一九八八)や『ターザンの扁桃腺炎』(一九九九)など、タイトルからだけでもその饒舌が健在であることが分かる。

◆アルフレド・ブライス＝エチェニケ　Alfredo Bryce Echenique（ペルー、1939-　）
『幾たびもペドロ』（野谷文昭訳）集英社
「パラカスでジミーと」（野谷文昭訳）『集英社ギャラリー〔世界の文学〕19ラテンアメリカ』所収、集英社

14

オネッティ――強力な磁場

斬新な小説

オネッティはイタリア系の名前と思われがちだが、じつはイギリス系の名前で、祖父が時流にあうようにつづりを変えてしまったらしい。手もとにある一九七〇年版のオネッティの全集（アギラール社）を見ると、『はかない人生』（一九五〇）、『造船所』（一九六一）、『しで虫』（一九六五）など、主要な作品はほぼ収められている。オネッティはいまでこそラテンアメリカの大作家であると誰しも認めるところだが、そうした評価が定まるまでにはかなりの年月がかかった。新しい小説の到来を告げた中編『井戸』（一九三九）にしても、五百部刊行されたきりで、再版までに二十数年を要した。

さきの全集の序文を書いた批評家のエミル・ロドリゲス＝モネガルは、「マルチャ」誌の文化欄の編集責任者だったころのオネッティの印象について、背が高く、馬のような長い顔で、浅黒く、暗い感じの人物だったと述べている。オネッティは当時、辛口のコラムを担当し、ウルグアイの停滞した文化状況を痛烈に批判した――「われわれは凡庸の王国のまっただ中にいる」「いまだこの国の文学が書かれていない」「ふいに若者の姿が消え、人生の時計がいつまでも同じ時刻を告げている幻想の国のようだ」「新しい、まだ誰にも知られていない、（……）他人にはまねができないような、自分だけの独創的な手法で表現すべきだ」といったぐあいだ。

それらの言葉は、自身に対するアジテーションの意味も込められていたかもしれない。オネッティはさまざまな文学賞に応募したが、そのたびに受賞を逸した。だが数十年経ったいまでは、受賞作は忘れられ、オネッティの作品は燦然《さんぜん》と輝いている。とはいえ、『はかない人生』が一九五〇に刊行されたのを考えると、やはりいささか早すぎたといわねばならない。斬新な構成や、ユニークな文体が評価されるのは、ラテンアメリカ文学が一斉に開花する一九六〇年代に入ってからだ。

架空の町

『はかない人生』は、アパートのとなりの部屋に越してきた娼婦のセリフではじまる。「世の中狂ってる」としきりにくり返す。わかれた男への恨みを知人にぶちまけているのだ。安普請の壁ごしにもれてくるやりとりを、ブラウセンはシャワーの下にたたずんで、じっと聞いている。そして聞きながら空想をめぐらす、いや物語をつくっていくのだ——「……グラスの底でおどる氷のかけらの音がした。男はシャツの袖《そで》をまくり上げているにちがいない。たくましい体、それにぶ厚い唇……。女は、唇や胸を流れる汗を気にして、いらだたしげに顔をしかめる。そして薄い壁のこちら側のおれは、水に濡《ぬ》れた裸でつっ立っている」（鼓直訳）

誰もがそうやって頭の中で物語をつくるものかもしれない。つくっては修正し、いくつかのヴァージョンを並べ、しまいにはしり切れとんぼのままに忘れてしまう。『はかない人生』の主人公はそれにとどまらずに、現実においても別の自分をつくり、アルセと名のって、さきの娼婦をくどきにかかるのだ。女はその強引さにあきれながらも、しきりに「世の中、狂ってるわ」と連発するが、けっきょくその掌中に落ちてしまう。

ブラウセンは映画のための物語も書いている。彼が創造した主人公は、モルヒネを不正に売る「口数の少ない、望みを捨てた、うだつのあがらない」初老の医師ディアス・グレイだ。ブラウセンは空気のよどんだ薄暗い部屋で、すこしずつディアス・グレイに命を吹きこみ、さまざまな人物を周囲に配置し、サンタ・マリアという町も子細にこしらえていくのである。ところがこの劇中劇はしだいに自律的な動きをはじめ、強力な磁場の中に、現実であったはずの物語を取り込んでしまうのだ。

サンタ・マリアは、オネッティのその後の作品にも登場する。中央広場のまんなかに、町の創設者の腐食した銅像が立っている。むろんブラウセンの銅像だ。

◆フアン・カルロス・オネッティ　Juan Carlos Onetti（ウルグアイ、1909-1994）
『はかない人生』（鼓直訳）集英社文庫

『はかない人生・井戸・ハコボと他者』(鼓直・杉山晃訳)集英社
「ようこそ、ボブ!」(高見英一訳)『現代ラテン・アメリカ短編選集』所収、白水社

15

フエンテス——仮面と鏡

小説と評論

メキシコの週刊誌をひらいても、スペインの新聞をめくっても、しばしばフエンテスが寄稿した評論に出くわす。ラテンアメリカの経済危機、ベルリンの壁崩壊後の国際情勢など、ありとあらゆる問題について論を展開する。「何でも聞いていいよ、ぼくはちょっとしたおしゃべり機械だからね」とインタビュアーにいったりするほど雄弁で、自信にみち、頭脳明晰な人物である。パナマに生まれ、米国やヨーロッパで教育を受けたフエンテスは、若いころから世界を旅し、父親と同じく外交官であったメキシコの碩学《せきがく》アルフォンソ・レイエスやオクタビオ・パスと親交があった。フエンテス自身もフランス大使をつとめたことがある（一九七四〜七七）。

短編集『仮面の日々』（一九五四）は処女作で、当時のことをふりかえって、若手の作品を出してくれる出版社ができたので、チャンスとばかりに一気呵成にいくつかの短編を書いた、と述べている。『空気の最も澄んだ土地』（一九五八）は最初の長編で、それ以降かなり多くの小説を発表してきたが、なかでも『アルテミオ・クルスの死』(一九六二)や、ビブリオテカ・ブレベ図書賞を受けた『脱皮』(一九七六)が代表作だろう。また、『セルバンテスもしくは読みの批判』(一九七六)や『埋められた鏡』(一九九二)といった評論も書いている。

メキシコの現代史

フエンテスの長編を読むのはなかなか骨が折れる。『アルテミオ・クルスの死』もいくつかの断章の冒頭に、一九四一年、一九二七年、一九〇三年といった年号がつき、主人公のアルテミオ・クルスをめぐるエピソードが、時間を前後しながら語られる。メキシコ革命は一九一〇年代に起こっているから、それらのエピソードを通じて、革命前夜から革命のさなか、そしてそのあと今日にいたるまでのメキシコ社会の変遷をとらえようという意図が見てとれる。

貧しい少年であったアルテミオ・クルスは、革命を戦って生き抜き、名門の娘と結婚し、政界にも進出をとげ、実業家として大きな成功をおさめる。しかしそのめざましい成功の代償は小さくなかった。青春の理想を裏切り、魂を売りはらうことで手にいれたものだったのだ。だから死の床に横たわる七一歳のアルテミオ・クルスの心は安んじることがない。後悔の思いを抱いて生きてきたともいえる。その苦痛を印象づけるかのように、冒頭の場面が、さまざまなバリエーションをみせながら、幾度となく描きだされる。そこでアルテミオ・クルスは、瀕死《ひんし》の状態でベッドに横たわり、そばに妻や娘がつきそっているが、両者のあいだには深い不信の溝がひろがっている。アルテミオ・クルスは、「二心を秘めたふたりの醜い老婆がどうしてあそこに座っているのだろう?」と思うし、妻や娘は「死ぬ間際になっても、まだこの人はわたしたちを騙そうとしているんです」とつぶやくのである。

アルテミオ・クルスが築きあげた家庭も事業もすべて精神的な裂け目を内にはらんでいる。その裂け目をメキシコの二十世紀の歩みと重ね合わせて描きだしたところに、この作品の成功がある。裂け目を回避する手だてはあったかもしれないが、もはやあともどりはできない。「あの朝、ぼくは胸をわくわくさせてあなたがやってくるのを待っていたんだ。ふたりして馬で川を渡ったよね」というセリフをもうろうとした意識のなかでアルテミオ・クルスはしきりにくり返すのだが、あのときこそ、彼は理想に燃え、幸福だったのである。

他者との共存

『埋められた鏡』(一九九二)というタイトルは暗示的だ。鏡は古代の宗教的儀式に使われ、メキシコでも地中海でも、古代遺跡の中からも、そうした鏡が発見されている。フエンテスはこう述べる。「南北アメリカから地中海を映し出し、逆に地中海から南北アメリカを映し見る鏡——それがまさしく、本書をつらぬく意識と律動である」(古賀林幸訳)。セルバンテスの〈鏡の騎士〉や、古代メキシコの神々の〈煙れる鏡〉、あるいはベラスケスの鏡や、祭りの日のインディオの衣装を飾る鏡、フエンテスはすぐにもわれわれにさまざまな鏡をかざしてみせる。

それらの鏡をのぞきこみながら、われわれはさまざまな感慨をいだくことになる。征服者たちは新大陸を舞台に、殺戮と破壊をくり返し、インディオの文化を圧迫した。彼らの無慈悲な行状を、いまなお怨んでいるインディオはいくらでもいる。しかし、征服や植民地の過程で、新たな混血文化が生まれ育っていったのも事実である。フエンテスはそれを「われわれの文化遺産」と呼び、大いに讃える——「最上の喜び、最高の真剣さをもって、最大の危険をもかえりみず、われわれがつくり上げてきたものである。それが過去五百年に、インディオと黒人とヨーロッパ人の子孫として、われわれが新世界で築くことができたものである」

その自信は「アメリカ合衆国のヒスパニック」と題された最後の断章からも読みとれる。スペインにしても、ラテンアメリカにしても、さまざまな文化の出会いの地だったのだ。その実績をふまえて、フエンテスは、「文化は他者との接触によってのみ栄え、孤立すれば滅びる」と断じる。ラテンアメリカの知識人たちはかつて、米国の物質主義や功利主義を非難し、精神性や芸術性を掲げて「北の巨人」に対抗意識を燃やした。だが二十世紀末のフエンテスには、もはやそうした気負いが感じられない。それどころか、むしろアメリカに対して、他者との共存を呼びかける。つぎの世紀の半ばまでに、合衆国の全人口の半分近くがヒスパニックでしめられる勢いであってみれば、それも当然のことかもしれないが。

◆カルロス・フエンテス　Carlos Fuentes（メキシコ、1928-　）
『仮面の日々』（安藤哲行訳）『アウラ』所収、エディシオン・アルシーヴ

『アルテミオ・クルスの死』（牛島信明訳）新潮社
『アウラ』（安藤哲行訳）エディシオン・アルシーヴ
『聖域』（木村榮一訳）国書刊行会
『脱皮』（内田吉彦訳）集英社
『遠い家族』（堀内研二訳）現代企画室
『老いぼれグリンゴ』（安藤哲行訳）集英社文庫
『アウラ・純な魂』（木村榮一訳）岩波文庫
「女王人形」（桑名一博訳）『現代ラテン・アメリカ短編選集』所収、白水社
「チャック・モール」（蔭山昭子）『世界短編名作選ラテンアメリカ編』所収、新日本出版社
「生活費」（安藤哲行訳）『美しい水死人』所収、福武文庫

＊（評論）
『メヒコの時間』（西沢龍生訳）新泉社
『セルバンテスもしくは読みの批判』（牛島信明訳）水声社
『埋められた鏡』（古賀林幸訳）中央公論新社

16 アルゲダス——ふたつの文化の狭間で

アンデスの少年

アルゲダスの初期の短編に「ワルマ・クヤイ」というのがある。二十二歳のころに書かれたもので、ぎこちないところも見受けられるが、作者のすぐれた資質がうかがえる作品だ。

タイトルの「ワルマ・クヤイ」はケチュア語で「少年の恋」という意味である。冒頭の場面では、空き地か中庭のようなところに集まった若いインディオの男女が、歌ったり踊ったりしている。主人公の白人の少年は、そこに居合わせたインディオの娘に淡い恋心をいだくが、まるで相手にされない。彼女はもう大人だし、少年はまだ幼い子供にすぎないのだから、そのなりゆきは当然かもしれないが、人種的な問題も微妙に影響している——「わたしをほっといて、白人の女の子たちのところへ行けばいいじゃないの、坊や」といわれたりするのだ。

やがて楽器が鳴りひびき、インディオたちは手をつないで踊り出す。けれど少年は、踊りの輪の外に放っておかれる。少年はアルゲダスの分身である。自分をインディオの側の人間だと思っているのに、仲間に入れてもらえない。そうした失望をアルゲダス自身も、何度か味わったにちがいない。

もっとも、この短編の末尾の語り手の告白は、より悲痛だといえるかもしれない。少年はすでに大人になり、アンデスを離れ、海岸部の都会で暮らしている。だが白人社会は彼にとって心楽しい場所ではなかったようだ。自分はまるで灼熱《しゃくねつ》の砂漠につれてこられた寒冷な高山の動物のようだと感じる。場違いなとんでもないところにきてしまったと思う。そしてまわりの人間を好きになれないし、理解できないとも嘆く。そうしたアイデンティティーの問題に、アルゲダスは生涯悩みつづけた。彼はけっきょく白人社会のなかで暮らすことになるが、その視線はずっとアンデスのインディオに注がれつづけたといっていい。その視線はときには郷愁を帯び、自身の少年時代をよみがえらせる(「ワルマ・クヤイ」はそうした作品だ)。またときにはインディオを虫けらのようにあつかう者たちを告発する(「水」はそうだ)。

ところで、「ワルマ・クヤイ」の冒頭の場面では、若いインディオたちが楽しそうに楽器を鳴らしたり歌ったりする。「水」でも、主人公のインディオの若者が、焼き印押しの歌や、寒冷な高原の歌などを角笛で高らかに吹き鳴らす。集まった子供たちは、それにあわせて歌を歌い、砂ぼこりを蹴たてて踊る。アルゲダスの小説では、そうした歌や踊りが重要な役割をはたす。インディオの喜怒哀楽を表現するだけでなく、人間と宇宙をつなぐ媒体でもあるのだ。

「水」では、角笛が鳴り出すと、まわりの事物がにわかに姿を変えはじめる。人間も山も、教会も広場も空も、明るくいきいきと活気づいてくる――「朝の静けさのなかで角笛は力強く、そして明るく鳴りひびいた。調べが小さな町の上空に広がって、あたりを活気づけた。インディオの若者が角笛を吹くにつれて、町はしだいに町らしくなっていくようだった。（……）太陽の光が楽しそうに小さな家々の屋根を照らした。ヤナギやユーカリのこんもりした葉叢《はむら》も活気づいた。教会や鐘楼の白壁が、広場にむかって強くて美しい光線をはね返した」

音楽によって人間と大自然が共鳴しあい、その波動が宇宙にまで広がる。インディオのそうした独特な感覚が、アルゲダスの小説ではひとりの白人の少年によって語られる。その感覚はむろんわれわれにとって決して異質なものではないが、それを伝える少年の繊細な感受性が、しばしばわれわれをはっとさせるのは確かだ。

アルゲダスはこの「ワルマ・クヤイ」の少年を、その後も何度かほかの作品に登場させている。たとえば代表作の『深い川』（一九五八）や晩年の一連の短編『愛の世界』（一九六七）などだ。アルゲダスが四〇代になっても五〇代になっても、この少年はさまざまに名前を変えて顔をのぞかせる。アルゲダスの心のなかに少年がずっと棲みついていたというべきか。いや、アルゲダスが少年のままでありつづけたといったほうがいいだろう。それは彼にとって決してよろこばしいことではなかったはずだ。心のなかのさまざまな断層のズレをもちこたえるのは、けっこうしんどいことなのだ。銃の引き金をひいたアルゲダスの悲劇性が、そこにひそんでいるように思えるのだが、どうなのだろう。

アンデスの闘牛

『ヤワル・フィエスタ』はアルゲダスの最初の長編（一九四一）だ。物語の舞台はプキオという町で、独立記念日の祭りが近づいている。祭りの最大の呼び物は、死人も出るアンデス式の激しい闘牛だ。

牛の角をつなぎ合わせたホルン状の楽器（ワカワフラ）があちこちで吹き鳴らされ、その低くて野太い音はインディオの気分を高揚させる。もっともミスティ（白人）たちには逆にひどくおぞましい音に聞こえる。

「体のなかまでひびいてくる。こんな時間に気味がわるいわ。警察隊にたのんで、夜、角笛を吹くのをやめさせて」と女たちがいう。

「悪魔の調べだ」とは神父の感想だ。

今回の祭りでとりわけ張り切っているのは、カヤウ村のインディオたちだ。毎年ピスカチュリ村に敗れており、今年こそなんとか一矢《いっし》を報いたいと願っている。だがほかの村（プキオには四つの村がある）では、カヤウの勝利を予想する者はひとりもいない。

「……カヤウの連中は臆病だ。あいつらがトゥルプッフヤイ（闘牛）に勝ったことがあるか？カヤウが独立祭に後家さんをのこしたなんて、爺さんたちだって見たことねえぞ。笑わせるな」

昨年の祭りではオンラオ・ロハスが、牛に突かれ血だらけになりながらもこう叫んだという

──「おれは、ピスカチュリの男だ、わかったか、カラクナ！」

カラクナというのは、ケチュア語で白人に対する蔑称だ。

村同士の対抗意識とはべつに、日ごろ酷使され、侮蔑されている彼らとしては、観覧席に陣

取るミスティたちに、インディオの底力を見せつけてやりたいという切実な気持ちもあるようだ。

プキオの目抜き通りには、ビリヤード場や酒場が並んでいる。町の有力者はビールやピスコを飲みながら、そこで夜おそくまでたむろする。酒場の店主であるドン・パンチョは骨のある男だ。郡知事に媚《こ》びることなく、インディオたちともうまく折り合っている。野蛮な闘牛を禁止するむねの通達が届いたとき、彼は強固に反対してインディオの側に立つ。

「ミシトゥをつれてきたら酒樽《さかだる》を二つくれてやるよ。これがその前祝いだ」とカニャソ酒を差しだしながらカヤウのバラヨック（村の長）にいう。

ミシトゥは皆から恐れられている野生のどう猛な牛だ。カヤウたちは、闘牛でピスカチュリにかなわないのは牛のせいだと考えている。それで荒々しいミシトゥをつれてきたいというのだ。大地主のドン・フリアンはあきれたようにいう。

「むりだよ、バラヨック。コニャニのミシトゥは山にだって怒って突っかかっていく。自分の影にも怒るんだ。あいつにゃ手が出せんよ」

「村にできねえことはないよ、タイタイ（旦那）。大きい山だって海まではこべるさ」

カヤウの村人たちは、村の空き地で集会を開いた。「村じゅうで行こう」と村長が呼びかけると、あちこちで歓声があがる。

「ミシトゥを縛りあげてつれてくるんだ！」

「おれたちにかなうものはいねえんだ！」

「ミスティ（白人）に見せつけてやる。あいつら、ミシトゥを見たら、たまげるぞ」

数日後、村長は白いリャマの背に供物をのせ、カルワラスの山に出かける。地面に穴を掘って供物を埋め、山の精霊（アウキ）に加護を願う。


祭りの三日前の夜、カヤウたちはいよいよミシトゥのいる森をめざして出発する。四人のバラヨックと祈禱師《きとう》（ライカ）が先頭に立ち、後方には百人ほどの角笛隊がつづく。

怪物のような牛に挑むカヤウたちの手だては、一糸乱れぬ結束と、山の精霊への祈りと、角笛のとどろきだ。

けっきょく祈禱師が持参した「リャマの毛でつくった小さな縄」が密《ひそ》かな力を発揮することになるのだが、森での山場のあと、さらに大きな試練がインディオたちを待ちうけている。

カヤウたちが町に帰ってくると、ピスカチュリの広場には見知らぬ円形の闘牛場がそびえている。

「……大きい広場でやるのはよくない。ピスカチュリの家畜囲いのわきに小さな闘牛場をつくることにしよう」といってつくらせたものの、町の有力者たちは、そこでインディオたちに闘牛をさせるつもりはさらさらない。

「プキオの闘牛は町にとっては恥以外のなにものでもない」

「ここじゃ闘牛は、角笛やダイナマイトや槍でやるものなんだ。それも原っぱみたいな闘牛場で。（……）そんな闘牛を見た日にゃ誰だって胸くそが悪くなる」

そしてすでにリマからプロの闘牛士を呼んでいたのだ。

だがインディオたちがそのまま黙って引き下がるはずもない。

「〈外国〉からはいらねえんだ！」

「ミシトゥはインディオのもんだ！」

アンデスの伝統文化と、押し寄せる西欧化との攻防である。『ヤワル・フィエスタ』で描きだされた人種と文化の攻めぎ合いは、世界各地でいまも繰り広げられる民族間の対立や衝突と多くの点で呼応しあう。この作品をいま読んでも新鮮な感じがするのはそのせいだろう。

◆ホセ・マリア・アルゲダス　José María Arguedas（ペルー、1911-1969）
『ヤワル・フィエスタ』（杉山晃訳）現代企画室
『深い川』（杉山晃訳）現代企画室

17

アストゥリアス——新しい小説の夜明け

バナナ三部作

写真でみるアストゥリアスは、恰幅《かっぷく》のよさと、マヤの彫刻を思い起こさせるその尖《とが》った鼻が印象的だ。一九六〇年代の半ばに、イタリア滞在中のアストゥリアスにインタビューしたルイス・ハースによれば、聞き役にまわるのが好きな、どちらかといえば寡黙な人だったようだ。「グアテマラ人特有のもの悲しげな慎ましさと、山岳地出身の人間にありがちな何か考えこんでいるような視線」が印象的だったという。

ぼくが大学に入って最初に買ったラテンアメリカの小説がアストゥリアスの『強風』(一九五〇)だった。この小説をどういう思いで読んだのかはもう忘れてしまったが、最後にハリケーンがバナナ農園を襲う場面のすさまじさはまだ記憶にのこっている。木々は折れ、家畜は飛ばされ、砂塵が舞い、大地がひび割れる。主人公夫婦も死んでしまう。その強風は、(やがてアメリカ資本のバナナ会社に向けられる)グアテマラの民衆の力を暗示していると、あとでどこかで読んだ。事情をなにも知らずに『強風』から読みはじめたのだが、じつはこの作品は、アストゥリアスのバナナ三部作のひとつで、『緑の法王』（一九五四）がとくに評価が高く、『死者たちの眼』（一九六〇）で完結する。アメリカのユナイテッド・フルーツ社が独裁者と手をむすんでグアテマラに進出し、農民から土地を奪い、民衆を力でおさえつけ、その貧困のうえに巨大なバナナ帝国を築く。アストゥリアスはその搾取《さくしゅ》と支配のシステムをあばき、民衆の抵抗の方途を示した。

それらの作品は一九五〇年代に書かれたわけだが、アストゥリアスは軍事クーデターの起きた五四年にアルゼンチンに亡命しており、『緑の法王』と『死者たちの眼』はブエノスアイレスのロサーダ社から刊行された。亡命はそれが最初ではなく、二四歳のころ（一九二〇年代）も危険が身にせまってひそかにグアテマラを脱出し、パナマ経由でヨーロッパにのがれた。そしてさらにさかのぼれば、幼少時に、独裁者の不興をかって判事を解職された父親や母親につれられて、「ラバで四日かかる」山奥の町に数年にわたって身をひそめたこともある。

もっともそうした憂き目に会うたびに、アストゥリアスははからずも大きな幸運も手に入れている。両親とのがれた奥地では、グアテマラの大地や自然にふれ、先住民インディオの文化や生活にじかに接することができたし、二十代のパリでは、マヤの宗教や神話の世界的な権威であったソルボンヌ大学のジョルジュ・レイノー教授と知り合い、そのもとで学びながら、キチェ族の神話『ポポル・ヴフ』やカクチケル族の『シャヒル年代記』をスペイン語に訳し、作家としての第一歩をふみだすことができたのだ。そのときマヤの神話的世界に触発されて書いた一連の短編はやがて、『グアテマラ伝説集』（一九三〇）としてまとめられ、ポール・ヴァレリーの絶賛を受けることになるのである。

マヤの神話

アストゥリアスの最初の短編集『グアテマラ伝説集』には、当初五つの伝説だけが収められていたが、のちにほかの原稿もかなり加えられ、倍以上の厚みになった。すぐに出た仏訳にはポール・ヴァレリーの序文が付されていた――《「伝説」について言えば、わたしはこれにすっかり酔いしれてしまいました。これらの物語＝夢＝詩ほどわたしに妖異に思われる（……）ものはまたとありませんでした》（牛島信明訳）

伝説集には、マヤ文化の魔術的な感覚と当時ヨーロッパに台頭していたシュルレアリスムの幸福な出会い、およびマヤの神話的な宇宙観とキリスト教の伝統の不可思議な融合がみられ、独特の世界をつくりだしている。それがヴァレリーのいう「物語＝夢＝詩」を生み出すことになったのである――《熱帯の自然、珍しい植物、土着の魔術、サラマンカの神学がおりなすこの混淆は、何という混淆でしょう。（……）蠱惑的な夢をつくりだしています》

五つの伝説の最初は「火山」である。《六人の男が「樹の国」に住みついた》という一文ではじまるが、「樹の国」というのは、マヤ＝キチェ族の国のことだ。そこに人間がやってきて、町をつくるという物語だが、口承や夢のできごとのように、ストーリーの展開に微妙なズレがあり、それがなかなか味わいぶかい。「樹の国」に住みついた六人の男というのは「風に運ばれてきた三人」と「川を流れてきた三人」で、片方は野原を走りまわり、もう片方は川のなかで遊んだりする。このあたりの描写は、引用すると長くなるからひかえるけれど、じつに「詩的」だ。もっとも先にすすむと、またも「樹の国」にたどり着いた場面が描かれ、こんどは「風に運ばれた三人」が川の水面を見て自身の姿を見いだす——《初めて川に近づいた時、三人の男が水面に浮かび上がるのを目にした》やがて火山が噴火し、生き残ったひとり（ニド）が、えんえんと歩きつづけ、ついに「聖人と花と子供の三位一体」と出会う（このキリスト教的な言及が興味深い）。そこで神殿を建て、町を築き、伝説がしめくくられる——《そして、あんなに若かったニドは、幾世紀も続いた一日の後に年老いてしまい、もう彼には、ひとつの神殿の周囲に百戸の家が群がる一つの町を建てる時間しか残っていなかった》

ところで火山の噴火は、地震の神「カブラカン」と雷光の神「ウラカン」によってひきおこされるが、溶岩が流れ大地が火につつまれると、動物たちは逃げまどい、樹木や星までが死滅する。そのすさまじさは、さきの『強風』のハリケーンの場面を思い起こさせるが、アストゥリアスの怒濤《どとう》のような文章は、すでにこの出発の時点からのものだったのだとあらためて気づかされるのである。

新しい小説

アストゥリアスの年表をくると、生涯の大半を異国の地ですごし、とくにアルゼンチンやフランスでの亡命生活が長かったことがわかる。四十代の半ばに、文化担当官や参事官としてメキシコやアルゼンチンの大使館に赴任しているが、その数年はとくに実りが多かったようだ。

長年持ち歩いていた『大統領閣下』をようやく自費出版し、『とうもろこしの人間たち』もこの時期に書きあげている(一九四九)。

『大統領閣下』の冒頭では大聖堂の鐘が鳴りひびき、おぞましい権力と、民衆の悲惨のドラマがはじまる。ただしこの鐘の音は、物語がありきたりの平板なリアリズムで語られていないことを、われわれにいち早く知らせてくれる。なにしろ鐘が耳なりのような余韻をひびかせて、「アルンブラ、ルンブレ・デ・アルンブレ、ルスベル・デ・ピエドラルンブレ、ソブレ・ラ・ポドレルンブレ!」と数行にわたってえんえんと鳴りつづけるのだから。訳すと響きのおもしろさが消えてしまうのは残念だが、邦訳では「点《とも》せ、明礬《みようばん》の明かりを、明礬石の魔王よ、この穢《けが》れたるものの上を!」(内田吉彦訳)となっている。

アストゥリアスがまず描くのは中央広場の一角にある〈主の御門〉の光景だ。すでにまわりは暗くなっており、石段は、いまでいうホームレスであふれている。朽ちた石壁や、汚物のちらかる地面、毛布にくるまった男たちの黒い影や、腐った野菜のにおいが感じられてきそうな文章だ。〈でく〉や〈蚊とんぼ〉、〈やもめ〉、〈べた足〉といったあだ名のおかしな男たちがそこで寝ている。〈でく〉は「母さん」という言葉を聞いただけで、すぐに興奮して、何を思い出すのか、おいおいと泣き出したりする。まわりの連中はそれをおもしろがって、寝ているときでも蹴飛ばして、「母さん!」と叫んでやる。

ある夜、人影が立ち止まって、「母さん!」とやったところ、〈でく〉は跳ね起きて襲いかかり、《指で眼をえぐり、鼻を嚙みちぎり、膝で局部を蹴り上げ》て殺してしまう。相手は有力な大佐だった。これがこの小説の最初の事件である。

そして物語が最高潮に達するのは、大統領とその腹心カラ・デ・アンヘル（天使の顔）の確執においてだが、野蛮で狡猾《こうかつ》な独裁者をだしぬくのがそう簡単でないことは、ラテンアメリカの歴史が幾度も示してきた。最後の場面では朽ち果てた〈主の御門〉がふたたび描きだされるが、ここでもアストゥリアスは独特な鐘の音をひびかせる――「チプロンゴン！　チプロンゴン！（Chiplongón !.../Chiplongón !)」。その独特さがやがてラテンアメリカの新しい小説を呼び寄せることになったのだ。

◆ミゲル・アンヘル・アストゥリアス　Miguel Ángel Asturias（グアテマラ、1899-1974）
『グアテマラ伝説集』（牛島信明訳）『ラテンアメリカ五人集』所収、集英社文庫
『大統領閣下』（内田吉彦訳）集英社
『緑の法王』（鼓直訳）新日本出版社
『グアテマラの週末』（大林文彦訳）『全集・現代世界の文学の発見9　第三世界からの発見』所収、学芸書林
『マヤの三つの太陽』（岸本静江訳）新潮社
「リダ・サルの鏡」（鈴木恵子訳）『ラテンアメリカ怪談集』所収、河出文庫

18 ドノーソ――ブームの時代

強力な後押し

何年か前にドノーソの『ラテンアメリカ文学のブーム』の改訂版（一九八三）を買った。邦訳があるのでずっと買わずにいたのだが、改訂版にはドノーソの妻マリア・ピラールがわりに長いアペンディックス（補遺、全体の三分の一近くにおよぶ）をつけていることに気づいて買うことにした。この補遺は、女性の口調で、とめどなくしゃべるように書いてあって、文学的な文章とはとてもいえないが、ミーハー的なおもしろさにみちている。冒頭は、一九七一年のクリスマス休暇に、バルセロナにあったガルシア＝マルケスの家にみんなが集まったときのエピソードだ。みんなというのは、バルガス＝リョサやコルタサル、カルロス・フエンテス、ドノーソらのことだ。それを読むと、当時まさに最盛期にあったラテンアメリカ文学のスーパースターたちが、バルセロナを舞台に家族ぐるみで親密につきあっていたことがわかる。小学生くらいの年頃であったバルガス＝リョサやドノーソ、ガルシア＝マルケスの子供たちがクリスマスプレゼントをもらってはしゃぎまわり、母親たちは母親たちでにぎやかなおしゃべりに興じ、男たちは男どうしで文学や政治の話に夢中になっている情景が描きだされている。そしてその親密なグループが、やがてさまざまな理由で解体していった事実を述べ、バルガス＝リョサやガルシア＝マルケス、あるいはフエンテスの人となりや才能について、女性特有のするどい直感で、ミーハー的ながら卓越したコメントを述べるのである。あんがいドノーソの手になる本体の文章よりも、こちらのほうが楽しめるかもしれない。

ところで、マリア・ピラールはこの文章のなかで、ガルシア＝マルケスやバルガス＝リョサらのことはむろん好きだけれど、自分たちにとってカルロス・フエンテスは特別な友人だ、彼のおかげでペペ（ドノーソの愛称）が世に出ることができたのだから、と述べている。この事実はわりに有名で、ドノーソ自身も本文のなかでそのいきさつを語っている。『ラテンアメリカ文学のブーム』の原題は『《ブーム》の履歴書』で、半ば当人の履歴書でもあるのだ——「ときどき、私の自伝の一端を書いている思いであった」

ドノーソとフエンテスは、一九六二年、チリで出会った。ドノーソはすでに小さな出版社から短編集『避暑、その他の短編』（一九五五）や長編『戴冠式』（一九五七）などの作品を刊行していたが、ほとんど無名にひとしかった。印税のかわりに現物の本をもらい、それを生計の足しにするために、かなり必死に売って歩かねばならなかったという。それで、帰国のおりに『戴冠式』を一冊進呈されたフエンテスは、後日ドノーソに手紙を書き送る——「この小説がよく知られていず、翻訳も出ていないのはおかしなことだとぼくは思う。ぼくの著作のエージェントであるニューヨークのカール・D・ブラントに送って下さい、なんとかならないものか、

ぼくが彼に手紙を書いてみましょう」(内田吉彦訳)

評価してもらったのはうれしかったが、チリで三千部も売れない自分の本が、翻訳されて、アメリカで出版される、という夢みたいな話があろうはずがないと思ったドノーソは、本を送らなかった(送るのもおこがましいと思うあたりは、いかにもドノーソらしいが)。だが、マリア・ピラールのほうは、このチャンスをのがす手はないと、食費をきりつめて、指示された何箇所かに分厚い小包をこっそり送ったのだそうだ。何ヵ月かして、フエンテスから国際電話がかかり、「おめでとう、アメリカ随一の出版社アルフレッド・クノッフが君のことを引き受けてくれる」と知らせてきたのだという。

さらに一九六五年には、メキシコのフエンテス邸の離れ家に三ヵ月ほど泊めてもらい、その間に、書きあぐねていた『夜のみだらな鳥』(一九七〇)をいったん中断し、そのひとつの断片をもとに『境のない土地』(一九六六)を書きあげた。この作品はもう何年もまえに訳してみないかといわれ、少しは訳しているのだが、小さな傑作といっていいほどのすばらしいできばえだ。すっかりさびれてしまった町の安酒場で、女装した貧弱な体つきの父親が体をくねらせて踊り、その娘や年老いた娼婦たちが客のいないさむざむとした部屋で浮かれてさわぐ。そして大型トラックのエンジン音をけたたましくひびかせて、とびきりマッチョな男が外のぬかるんだ通りを行ったり来たりすると、彼女たちは身をふるわせ、胸を高鳴らせるのである。おどろおどろしさやグロテスクさは『夜のみだらな鳥』に共通するが、物語はよりコンパクトなまとまりをしめしており、ドノーソの独特の世界をかいま見るには最上の作品だろう。老いや官能がなまめかしくとけあい、さまざまな奇怪なオブセッションが絡まりあうのだ。フエンテスもこの作品が大いに気に入り、そのきもいりでメキシコの有力な出版社から刊行された。ドノーソはそのようにして、フエンテスの強力な後押しで世界に押し出されていき、やがて『夜のみだらな鳥』でついに自ら《ブーム》のただなかに立つことになったのである。

多義性と混沌

『夜のみだらな鳥』のタイトルはヘンリー・ジェイムスの書簡からとられたものである。小説の冒頭のエピグラフでそれがあかされている——「精神生活の可能なすべての人間が生得受け継いでいる貨財は、狼が吠え、夜のみだらな鳥が啼く、騒然たる森なのだ」(鼓直訳)。その魅力的なタイトルは読者をひきつけもしたが、確実視されていた文学賞を出版社の内紛でもらいそこねたり、あるいはフランコ政権下の検閲にひっかかったりして、大きな話題を呼んだ。そしてスペイン語圏の国々でベストセラーになったこの作品は、日本でもわりに早く翻訳され、ラテンアメリカ文学のもっとも重要な作品のひとつとして評価されてきた。これまで何人もの人が、内容の要約を試みているが、読みくらべるとそれぞれに大きく異なっているのがおもしろい。もっとも『夜のみだらな鳥』の場合は、それはやむを得ない。なにしろさまざまなエピソードが互いに矛盾したり、どこまでが現実でどこからが妄想なのか判然としないからだ。筋のとおった共通のストーリーを導き出すのはむずかしい。むしろそうした多義性や、現実と虚構の混沌たるありようが、この小説の最大の特徴であり、魅力なのだ。

冒頭のいくつかの断片は、古い修道院を舞台にくりひろげられる。そこには現在、「四十人の老婆、五人の孤児、三人の修道尼」が住んでいる。かつての建て増しにつぐ建て増しで廊下が迷路のように入り組み、空っぽの僧坊が際限なくつづいている。ここに住む老女は、かつてアスコティア家につかえた家政婦たちで、引退後あずけられたのだ。ひろい敷地だから居心地のよさそうな部屋を選べるのだが、「こんな広い場所はいりません。ご主人様の屋敷の裏手の、がらくただらけの小部屋で暮らすのに慣れた女中ですもの。(……)せっかくですけど、通路の下のこの貧相な小屋のほうがよろしいんですよ」というのである。

老女のひとりが亡くなり、部屋の片づけがおこなわれるのだが、それは尼僧とムディート(小さな聾唖者)の仕事だ。ムディートは、とりわけ不可解な人物で、かつてはアスコティア家の当主の秘書をつとめていたけれど、病をえて手術で体を切り刻まれ、いまはこの修道院に身をおいている——「シスター・ベニータはおれに、あとについて来いと合図をした。白痴の子供がおもちゃを引きずって歩くように、背中の曲がった細いからだで車を引いてあとを追わねばならないことを、おれは心得ている」

亡くなった老女の部屋の片づけはそれなりにたいへんだ。化粧台の上の小物のように、目に見える場所においてあるものは、整然とならんでわかりやすいのだが、問題はマットレスをはがしたあとのベッドの下だ。そこには、「大きな、平べったい、長い、ふわふわの、四角い、形のくずれた獣の群れ。何十、何百という数の包み。裂いた布で縛ったボール箱……」などがひそんでいるのだ。それらの包みや箱をひとつひとつあけて、中身をたしかめるのだが、出てくるものといえば、血が付着した古びた褐色の綿や、大事にしまいこまれたボタン、ペンのキャップ、金色の髪のひと房などだ。要するにガラクタの山だが、その老女にとってはさまざまな思い出のつまった品々だ。思い出だけでなく、悲しみや夢、いや本人にさえ定かでない狂気や妄想や偏見もそのなかに入っているかもしれない――「穏やかな仮の姿で休息していた獣は、おれたちにどっと襲いかかって来るにちがいない」。そう考えると、薄暗がりのなかにひそんでいたそれらの小包や箱は、じつはこの小説そのものの暗喩のように思えてくるのである。

ドノーソは『夜のみだらな鳥』のあと、いくつものすぐれた作品をコンスタントに発表してきた。三つの中編をあつめた『三つのブルジョワ物語』（一九七三）や『隣りの庭』（一九八一）には邦訳がある。

◆ホセ・ドノーソ José Donoso（チリ、1924-1996）
『この日曜日』（内田吉彦訳）筑摩書房
『夜のみだらな鳥』（鼓直訳）集英社
『三つのブルジョワ物語』（木村榮一訳）集英社文庫
『隣りの庭』（野谷文昭・野谷良子訳）現代企画室
「アナ・マリア」（中川敏訳）『現代ラテン・アメリカ短編選集』所収、白水社
「閉じられたドア」（染田恵美子訳）『美しい水死人』所収、福武文庫

＊（評論）

『ラテンアメリカ文学のブーム』（内田吉彦訳）東海大学出版会

19

マルティ──詩と独立運動

グアンタナモの娘

学生のころキューバ人の中でしばらくアルバイトをつづけていたことがある。活気にみちた仕事ぶりの彼らが日ごろ口ずさみ、当時の日本でもよく耳にすることのあった「グアンタナメーラ（グアンタノモの娘）」という美しいメロディーの曲が、じつは〈キューバの使徒〉ホセ・マルティの詩を歌ったものだと、ソ連留学を終えたばかりの、背の高い赤毛の青年から聞かされた。たしかあのとき痘痕《あばた》のある顔を輝かせながら赤毛の青年は、そのマルティの詩のつづきを諳《そら》んじてくれたのだが、その同じ詩を『ホセ・マルティ選集』第一巻の中に、的確な日本語に転換された形で見出すのは、やはりうれしいことだ。

わたしは誠実な男
棕櫚の育つ地に生まれた
そして　わたしは死ぬ前に

魂の詩を歌いたい。

わたしはあらゆる所から来て
どこへも行く――
わたしは芸術のなかの芸術
わたしは山のなかの山。

（「素朴な詩」I、井尻直志訳）

一八五三年に生まれたマルティは、四十二歳で戦死するまでの大半の年月を、亡命先のスペインやベネズエラ、そしてとりわけ長くニューヨークですごしたが、それらの地で、詩や小説、評論を書く一方で、ジャーナリストとしても旺盛な活動を展開し、しだいに思想家、革命家の相貌《そうぼう》を帯びていったのであった。多面的な活動のなかでつねに果敢な精神を発揮したマルティだが、詩人としては、沈滞した古めかしい十九世紀の詩に新風を吹き込み、モデルニスモ（近代主義）の到来を高らかに告げた、とはどのラテンアメリカの文学史のテキストにも記されていることだ。

心やさしい詩人

幼い息子にささげられたその最初の詩集『イスマエリーリョ』（一八八二）では、簡素な詩句のみずみずしさと愛らしさは、独立運動の指導者としての戦闘的なイメージときわだったコントラストをなし、われわれをはっとさせるが、あんがいそうした対照的な側面をあわせもちながら、両者をうまく統合させたところに、マルティの魅力と偉大さがひそんでいるといえるかもしれない。

いつも朝になると
わたしのおちびさんは
大きな口づけで
わたしを起こしてくれた。
わたしの胸の上に
馬乗りになり
わたしの髪の毛を
手綱にしながら。
彼は喜び勇み　わたしも
喜びにうっとりするなか
わたしの騎士は
拍車をかけていた——
その爽やかな両足の
なんと心地よい拍車!

ああ　小さな騎士さんの
あの喜々とした笑い声！
わたしは彼の小さな足に
口づけを返したものだ
一度で両方に口づけできる
小さな小さな彼の足に！

（「わたしの騎士」牛島信明訳）

さきに述べたようにマルティはニューヨークを根拠地に、政治、文学、歴史などさまざまなテーマの文章を精力的に書きつづけ、メキシコシティ、カラカス、ブエノスアイレスといったラテンアメリカの中心地の新聞や雑誌に寄稿したが、この選集では、そうした文章のなかから、たとえばホイットマンやエマーソン、オスカー・ワイルドらに関する評論を収録している。モデルニスモの大詩人ルベン・ダリーオは当時、マルティのそうした散文を読んで、横溢《おういつ》する生命力と色彩、音楽性と表現力を称えたが、なるほどそのような特徴をそなえた文章であるのは確かだ。

しかしながら、マルティの文学と思想に初めて接近する者には、一八八九年に創刊された少年少女向けの雑誌『黄金の時代』の一連の文章から入っていったほうが好ましいかもしれない。そのやわらかで澄んだ語り口のなかに、『イスマエリーリョ』の心やさしい詩人に再会できることは請け合いだ。

◆ホセ・マルティ　José Martí（キューバ、1853-1895）
『ホセ・マルティ選集』三巻、（牛島信明、後藤政子、他訳）日本経済評論社

20 セプルベダ――文明の野蛮性

大山猫との対決

セプルベダに、『カモメに飛ぶことを教えた猫』（一九九六）というのがある。子供向けの本だが、大人が読んでも楽しめる。ほどよい長さのエピソードがテンポよくつづき、一気に読めてしまうのだ。古い港町、行き交う船、レストランの調理場、七つの海から運ばれてきた雑多なガラクタの置かれた部屋……、どこかなつかしい空間だ。そこで、太った黒い猫とその仲間たちの涙ぐましくも愉快な物語が展開する。

読んでいるうちにこっちが猫で、人間は図体の大きな鈍感な動物に思えてくる。海を平気で汚す人間のおろかなふるまいのせいで、油にまみれたカモメが死に、猫たちは遺《のこ》された卵と、やがて生まれてくる雛《ひな》の面倒をみるはめになる。愉快だが、いろいろと考えさせられるストーリーだ。

日本語で読めるセプルベダの作品は、このほかに、長編『ラブ・ストーリーを読む老人』（一九八九）やエッセイ集『パタゴニア・エキスプレス』（一九九五）がある。世界的なベストセラーになった『ラブストーリーを読む老人』の主人公は、すでに歯をのこらず失ってしまったとはいえ、よぼよぼの爺さんというわけではない。密林のインディオに混じって暮らした経験があり、身体も精神も知恵も鍛えあげられている。いまは密林のほとりに小屋をたてて暮らしているが、そこはいわばふたつの世界の境目で、こちら側に町があり、すぐ向こうには吹き矢で狩りをする裸の部族や多様な獣たちの、鬱蒼としたジャングルが広がっているのだ。

老人の目下の楽しみは、遠くから取り寄せたとびきり切ない恋愛小説を、虫眼鏡でとつとつと読み解いていくことだ。もっともときおり読書を中断して、金やエメラルドに目がくらんで、おかまいなしに密林を踏み荒らす男たちの不始末を片づけねばならない。連中に傷つけられた大山猫との対決にも愛の切なさがただよう。セプルベダは伝統的な文明対野蛮の構図を援用しながら、むしろ文明の野蛮性を糾弾する。

エコロジカルな題材

ところで最新作の『センチメンタルな殺し屋』(一九九八)は題名から推察されるように、探偵小説仕立ての作品だ。中編が二本収録されている。表題作の主人公は、腕のいい中年の殺し屋である。最近恋人に好きな男ができたらしい。だが、途方に暮れている間もなく、新しい仕事にかからねばならない。殺し屋だからクールを信条としているが、どこかセンチメンタルな心持ちの抜けない男でもある。その微妙な加減がこの主人公の持ち味で、セリフはチャンドラーの探偵物の簡潔さと辛辣《しんらつ》さを思い起こさせる。

殺し屋は獲物を追って、マドリードからイスタンブール、パリ、ニューヨーク、メキシコと移動し、物語はスピーディな展開をみせる。洗練された都会的な作風だ。ラストでは非情にも銃の引き金が引かれ、恋人の運命もからんで悲哀がただよう——「まあ確かに、私は彼女を愛していた。だがあれは私の最後の仕事だったのだ。ほかにやりようがなかった。私は殺し屋で、プロは仕事に私情をはさまないものなのだ」

『センチメンタルな殺し屋』には、「ヤカレー」という中編が併録されている。ヤカレーを辞書でひくと、アリゲーター科のワニとある。

舞台はイタリアのミラノで、ワニ皮の輸入で財を成した人物が、共同経営者の屋敷でいきなり倒れ、そのまま息絶える。保険会社の調査員のダニ・コントレラスが事件の解明にスイスからやってくる。クールで辛辣なダニ・コントレラスは、ほどなく被害者をしとめた謎の凶器をつきとめる。

「吹き矢が消えたのは、クモの巣と樹脂でできていたからだ」

吹き矢にはアマゾンの部族が狩りに用いる毒が塗られていた。

コントレラスは緻密な推理のすえに、やがて屋敷の塔の上にひそむ瀕死《ひんし》のインディオを発見する。インディオは小さな体にヤカレーの皮をかぶり、顔に赤い顔料を塗っている。南米からはるばる獲物を追ってヨーロッパにやってきた密林の狩人《かりうど》だ。

病院のベッドで熱にうなされながら、くだんの先住民《水からやってきた者》は、湿地帯の神聖なヤカレーをどんどん殺していく白い部族《水を憎む者》の恐怖になお戦慄するようである。

コントレラスにとって、クライアントが密輸に手を染め、南米でどんな悪事をはたらいていようが関係ない。事件が殺しであったことさえ突きとめれば十分だった。だがそんな彼も、狩人の捨て身の戦法に意表をつかれることになる。

「ヤカレーは危険を察知すると、一匹だけ岸辺に仰向けになって囮《おとり》になる。そしてそいつがヤマネコかなんかに食われているすきに、仲間がそっと忍び寄ってきて敵に襲いかかるんだ」

セリフのおもしろさは、表題作「センチメンタルな殺し屋」におよばないものの、ストーリーは起伏に富み、読者を飽きさせない。そしてエコロジカルな題材を処理する手際は、すでに『ラブ・ストーリーを読む老人』や『カモメに飛ぶことを教えた猫』で見せてくれたように、みごとというほかない。

◆ルイス・セプルベダ　Luis Sepúlveda（チリ、1949-　）
『ラブストーリーを読む老人』（旦敬介訳）新潮社
『パタゴニア・エキスプレス』（安藤哲行訳）国書刊行会
『カモメに飛ぶことを教えた猫』（河野万里子訳）白水社
『センチメンタルな殺し屋』（杉山晃訳）現代企画室

第2部

ラテンアメリカ文学の周辺

1

ペルーでの日々

雨が降っている。

遅く起きたので、もう一日が終わろうとしている。

椅子に座って、しぶきを跳ねながら走る車の音をぼんやりと聞いていると、心地よい。車がまばらに通っていくので、外の広い世界は、意外と閑散としているような感じがしてきて、これもわるくない。

リマでもよく窓から入ってくる車の音を聞いてすごした。

大きな屋敷の離れに住んでいたが、近くにバス停があり、停まったバスがふたたび動きだすときのもの憂げな音が、妙にせつなかったのが思い出される。

そのバスに乗って、ときおり幼なじみのエウセビオがやってきた。もう十数年も前のことだ。

「近くまできたから、ちょっと寄ってみたんだ」

といって、だいぶ遅い時間にひょっこり現われることもあった。

アンデス育ちのエウセビオは、少年のころ喧嘩《けんか》が強く、近所の番長たちにも恐れられた。ぼくも何度か危ういところを助けてもらったことがある。

いくらか胴長で、背筋をぴんとのばして歩いた。緊張すると、舌がもつれて、言葉がなかなかロから出てこなかった。

中年になったエウセビオは、ペルーとチリの国境の町で安く仕入れた品物を、船乗りが担ぐようなサックに入れて、リマの街で売って歩いていた。

「何かいるものないかい？　今度アリーカへ行ったとき、買ってきてやるよ」

笑うとすでに歯が一、二本欠けているのが見えた。

イタリア製の長袖シャツを何枚か彼から買った。いまも田舎の実家にしまってある。気をつけて買ったつもりだが、やはりこちらで着るには色があざやか過ぎるのだ。

ぼくらはコーヒーにコンデンスミルクをたっぷり入れて、遅くまでサッカーやボクシングの試合をテレビで見たりした。試合が緊迫すると、エウセビオも唇をとがらせてまつわりつく言葉と格闘することになった。

「あっ、もうこんな時間だ」

とまがい物の日本製の時計をのぞき込みながらいうときは、もう十一時をすぎている。ぼくはバス停まで見送った。

リマの場末にあるその家まで帰るには、このあと二、三度バスを乗り換えるのだといっていた。霧雨《きりさめ》の降る冬の夜など、さぞたいへんだったろうと思う。

やがて黄色い連結バスがやってきて、エウセビオはそれに乗り込んだ。車体の大きく傾いたバスは、煌々《こうこう》と照らされた大通りを、のろのろと去って行った。

そんなある日、エウセビオの奥さんが死んだと彼のいとこから電話がかかってきた。奥さんの姿は生前一度だけちらっと見たことがある。瘦せて、青い半袖のワンピースを着て、まだ少女のようだったが、子どもが六人いた。

「明け方、気がついたら死んでたんだ」

「おいおい、知らぬ間に殺しちまったんじゃないのかい?」

と彼のいとこたちが目をしばたかせているエウセビオを冷やかす。

ぼくたちは四人でフォルクスワーゲンの中で、司法解剖が終わるのを待っていた。

「寒くて目をさましたんだ。触ったら冷たくなってた」

「こいつ悲鳴をあげてベッドから転がり落ちたんだぜ」

エウセビオはときおり車を下りて、向かいの灰色の建物の中に消えた。

けっきょく遺体はその日のうちに引き取ってよいことになった。

お通夜は葬儀屋でおこなわれた。壁も天井も空色に塗られた部屋の中央に棺が置かれた。壁際に椅子が並び、弔問客はしばらくそこに座ってから帰っていった。

ぼくたちはときおり棺《ひつぎ》のそばに行って、ガラス越しに奥さんの死に顔をのぞき込んだ。鼻から一筋赤い血が流れているのをエウセビオはしきりに気にしていた。

夜半近く、またフォルクスワーゲンに乗ってチーファ(中華料理)を食べにいった。

エウセビオはそこでもいとこたちに盛んにからかわれた。子どものころぼくよりも小さかったそのふたり——ダビッドとカルロス兄弟——は、いまではプロレスラーのような巨漢に育っていた。

「赤ん坊がいるんだから、カミさんはきっと化けて出てくるぞ」

「六人もガキがいりゃ、再婚してくれる物好きがいると思うかい？」

肩を叩かれるたびに、エウセビオは力なく笑った。どれぐらい悲しんでいるのか、正直いって、ぼくにはよくわからなかった。みんなで大いに食べて、にぎやかに笑いあっているのだから、そう悲しくはないのかな、と思ったりして、少なくともぼくはほっとしていた。

帰りにエウセビオだけを葬儀屋の前に下ろした。彼は眠そうな目をして、花のにおいでむせ返るひんやりした部屋にゆっくりと戻っていった。

それからしばらくして、ぼくはくだんの兄弟の弟のほう、カルロスと共同で一台のフォルクスワーゲンを買った。

どういういきさつでそういうことになったのかは、記憶はあいまいだ。たぶん気晴らしに彼らと何かを一緒にして楽しみたかっただけなのだろう。

カルロスはそのころ、タクシー専用の車を一台もっていた。

タクシーと書いたプラスチックの札をフロントガラスに貼れば、誰でもタクシードライバーになれた時代だった。

カルロスは運転手を雇って、十二時間ずつ交代で仕事をさせていた。夜通し車を走らせた運転手が朝の十時に車を満タンにして帰ってくる。そして、ドアのベルを鳴らすと、カルロスの奥さんに、キーとその日の稼《かせ》ぎを渡した。待機していたもうひとりの運転手はそのキーを受け取ると、古ぼけた日本車に乗り込んでリマの街に出かけていった。

それが毎日くり返され、車一台があるだけで、何もしないでもそれなりの金額がきちんきちんと入ってくる仕掛けに、ぼくは単純におどろいた。そして当然のことながら、もう一台車があれば、収入が一気に倍になるはずだと思った。

ぼくが資金を出してオレンジ色の中古のフォルクスワーゲンを買った。

車の運用と管理はカルロスにまかせ、利益は月末に折半しようということになった。

「果物を積んだリヤカーが突っ込んできて、フロントのライトが壊れちまったよ」

と電話がかかってきたのは、仕事をはじめた明くる日だ。

「初っぱなからとんだ災難だね」

「運転手のやつ、よりにもよって中央市場の混んだ道路に紛れ込んだんだ」

「あそこはたいへんだ」

ぼくは屋台やら鳥かごやら行商人であふれかえる通りを思い浮かべた。

「やつを首にしたよ。車は修理工場だ。二、三日で直してもらえると思う」

一週間後にカルロスはオレンジ色のフォルクスワーゲンに乗ってきた。

「このライトを直したんだ。ついでに盗まれないようにボルトで固定してもらったよ。ここじゃタイヤまで盗まれるからな」

だが災難はこのあともつづいた。犬をひき殺し、老婆を跳ね、ワイパーが盗まれ、ギアボックスが壊れた。

「この車はさ、どうしようもなく運が悪いんじゃないかい？」

と音をあげたのはぼくのほうだ。

まともに朝晩仕事をした日はほとんどなかった。修理代だけがどんどん嵩《かさ》んでいった。

「たしかにそうだな」

カルロスは神妙に出っ張った腹をさすった。

「もう面倒だから売っちまおう」

「まあ、君がそういうんなら……」

新聞に広告を出したが、なかなか売れなかった。

値段を下げたが、それでも売れなかった。

あるとき、車を見せてもらいたいという人から電話があり、カルロスに先方の指定した日に車を持ってきてくれるように頼んだ。フォルクスワーゲンはそのころも修理工場ですごす日が多かった。

「ずっと調子がよかったんだが、あそこの交差点を曲がったところで、いきなり変な音がして、がくっと止まっちまったんだ。下りてここまで押してきたよ。あのへんを歩いてた連中にも手伝ってもらったよ」

ぼくは首を振って苦笑するほかなかった。

国際交流基金の派遣でリマの大学へ教えにきていたので、車一台にそう来る日も来る日もかかずらってばかりはいられなかった。

「この車はもう叩き売るしかない」

といってみたものの、故障していては、売りたくても売れない。それに修理代もどんどん嵩む一方だった。

ぼくは底なし沼にはまったような不安を覚えはじめた。

夫婦連れでやってきた客が溜息をついて帰ったあと、ぼくは、もろもろの修理代を差し引くと買った値段の半分ぐらいがのこるような値段で売ってもいいといった。

「その値段ならおれが買いたいくらいだ」

「そうかい?」

「二、三日待ってくれれば、代金をかき集められると思う」

「君が買ってくれるなら、こっちも大助かりだよ」

けっきょく取り引きは成立し、ぼくらは固く握手をした。そしてカルロスはその後もよくオレンジ色のフォルクスワーゲンに乗ってきて、ぼくを大学まで乗せていってくれた。

ぼくがバンパーに腰を下ろして上機嫌に笑っている写真が一枚どこかの引き出しにあるはずだ。

日本に帰って何年か経ったあと、ふと何かの拍子に、あれは全部カルロスが仕組んだ芝居だったのではないかという疑念が脳裏をかすめた。
そして年月とともにそれはほとんど確信に変わった。

カルロスとエウセビオは、バブルのころ出稼ぎにやってきてぼくを驚かした。研修という名目で、どこかの水産加工会社に雇われたのだった。

成田空港へ迎えにいったついでに、近くにあった作業場を見せてもらった。外国から生きたまま空輸されたロブスターを水槽に移したり、煮込んだりする仕事だった。

トランクを手にしたカルロスの目がかがやいたのは、台所の流しをのぞき込んだときだけだ。流しの下の水道管を見て、感心したようにつぶやいた。

「なるほどこれは便利だ。ビニール管だと加工しやすいからな」

たぶん壁に埋め込まれる旧式の金属管と比べていたのだろう。

エウセビオから電話があったのは、その数日後だ。カルロスが上野の動物園と、浦安のディズニーランドへ一日ずつ遊びに行くと、さっさとリマに帰ってしまったと。

「ほんとうかい?」

「ほんとうさ」

「雇い主、怒ってるんじゃないの?」

「かんかんだよ。旅費を返せってわめいてるよ」

旅費という言葉がエウセビオの口でしきりに絡まった。

けっきょくエウセビオだけが残って、その作業場で二年ほど仕事をした。

最後にぼくの家へ遊びにきたのは、首都圏に記録的な雪が降った明くる日だ。ジャンパーの下にセーターを二、三枚重ね着していた。

見るからに怪しげな風貌なので、成田の周辺でよく警察に呼び止められた。

帰るとき、駅まで見送った。何度も滑りそうになりながら橋を渡った。街灯に照らされた無人のだだっ広い橋は、どこかリマの大通りに似ていなくもなかった。

2
アルゲダスとハサミの踊り手

ホセ・マリア・アルゲダスの小説にはしばしばハサミの踊り手が登場する。踊り手のことをケチュア語でダンサックという。ウントゥとかルミソンコとかいった伝説的な名人もいたようだ。

彼らは村の祭りに呼ばれると、教会の前庭や広場で、その踊りを披露した。大道芸人がやるような離れ技もやってのけた。串《くし》で体を刺したり、教会の鐘楼に張った綱を渡ったり、金属のかたまりを怪力で投げ飛ばしたり……。どこか呪術的な力を誇っていたのだ。

短編「ラス・ニーティ（白雪踏み）の最期」に出てくるハサミの踊り手の体には、山の霊が宿っている。アンデスの断崖や洞穴の霊、あるいは珍しい鳥や昆虫の霊が宿ることもある。

――「一風変わった」「邪悪な」鳥には、ハカクリョやフクロウがいる。また昆虫には、毒蜘蛛を食い殺す赤い羽をした黒い虫サン・ホルヘがいる。

とアルゲダスは書いている。

霊の種類によって踊り手の気質や芸の特質が異なってくる。

そうした踊り手たちの衣裳は、じつにきらびやかだ。胸当てやズボンやつばひろの帽子に散りばめられた小さな鏡は、太陽の光を受けてさんぜんときらめく。色とりどりの刺繡《ししゅう》や飾りひも、羽根飾りもついている。

ダンサックが踊りはじめると、それらの色彩も激しく揺らめく。

その動きはじつに目まぐるしい。飛んだり跳ねたり、地面を這ったり転がったりする。その間、片手に持ったハサミは、間断なく鳴りつづける。

——広場の喧噪を圧して、タンカイユの鋼鉄のハサミが音高く、澄んで聞こえてきた。

と『ヤワル・フィエスタ』にある。

マキシモ・ダミアンとハサミ踊り一座がこのあいだ来日した（一九九九年十月）。

マキシモ・ダミアンという名に聞き覚えがあると思いながら、アルゲダスの遺作となった長編『上の狐と下の狐』のページをくると、やはり何カ所かに名前が出ていた。いやそれどころか、この作品自体がマキシモ・ダミアンに捧げられていたのだ。

作品の末尾に付された日記にも、少々厚かましい望みかもしれないが、自分の葬儀ではマキシモ・ダミアンらにチャランゴかケーナを演奏してもらいたいとも書いてある。

そのマキシモ・ダミアン一座が夕方から早稲田の近くで記者会見をするというので行ってみることにした。

マイクを置いたテーブルの前に、小柄なドン・マキシモとその妻、それに三人の若者が座っていた。関係者のほかは、ほとんど誰も来ていないようだった。整然と並べられた椅子は最後まで空いたままだった。

紹介があり、若者たちのうちのふたりはハサミの踊り手で、もうひとりはハープ弾きだとわかった。マキシモ・ダミアンはバイオリンを担当し、ひとまわりほど年下の奥さんが歌を歌うということだった。

ドン・マキシモと奥さんは、別の惑星に連れてこられたように青ざめた表情で座っていた。若者たちのほうは背中を丸め、うつむき加減に座り、ときおり顔をあげて目をしばたたかせるのだった。

質問のない記者会見ではさびしいので、手をあげてみた。

「ハサミというのは、ほんとうのハサミですか?」

この程度の質問ならいくらでも答えられると思ったのか、ドン・マキシモの妻は顔をかがやかせて、自信に満ちてマイクをつかんだ。

「ハサミのような形をしているけれど、普通のハサミとは違います。二枚の刃は別々なんです。刃を打ち合わせることで音を出します。二枚の刃の大きさや厚み、形は微妙にちがいます。鍛冶屋で川や滝の音に合わせて調節してもらうんです」

とケチュア語の訛りのあるアンデスのスペイン語で答えてくれた。

記者会見が終わると、レセプションなるものがはじまった。部屋の片隅に置かれたウーロン茶を飲んでいるうちに、部屋のテーブルや椅子が壁ぎわに寄せられた。

やがてハープやバイオリンが鳴りだし、後方の小さな部屋から出てきたハサミの踊り手たちが踊りだした。飛んだり跳ねたり、爪先で立ってくるっと回ったり、脚をのばしたり縮めたり捻《ねじ》ったりで、その動きはさきほどまでぐったりしたように座っていた若者たちだとはとても思えなかった。

バイオリンとハープのリズミカルな調べに合わせて、澄んだ鐘の音のようなハサミの音が部屋じゅうに響きわたった。

バイオリンとハープとハサミ、それにダンサックの手足の動きは、一糸乱れずに同じリズムを刻んだ。そのうちに仰向けに横たわった踊り手の体が床からふわっと浮き上がると、軽やかに、バウンドしながら床の上をぐるっと一周した。その間にも、ハサミは明るく、すずやかに鳴りつづけた。

あとでハサミを見せてもらった。

二枚の刃は鋼でつくられていた。ずっしりと重く、刃の部分は厚みのある短い物差しのようだった。

「大きいほうが雄で、ひとまわり小さいほうが雌です」

と眉が太く、夢見るような目の若者がいう。

「どうやって鳴らすの?」

「雄の穴に親指を入れて、ハサミの刃の部分を中指で支えます」

「こうかい?　水平にするんだね」

「ええ。それで雌のほうをその下にX字のようにくぐらせて……」

「これは手の平にのせるだけでいいの?」

「はい。慣れないとするりと落ちてしまいます」

「なるほど」

「それで雌のこの端の部分を、指や手で跳ね上げて、雄の取っ手に当たるようにするんです」

「鳴らすのは刃の部分じゃないんだ……」

いわれたように指の腹で丸い取っ手を跳ねあげると、もう一方と取っ手のヘリにあたって、チリンという澄んだ音を立てた。


ポンチョを脱いで、くすんだ青のジャンパーに着替えたドン・マキシモはほっとしたような顔で、われわれのそばにやってきた。顔の色つやがよく、にこやかにしている。

差しだしてくれた名刺の名前の下に「ホセ・マリア・アルゲダスのバイオリン弾き」と記してあった。アルゲダスがこめかみに銃口を当て、引き金を引いたのは一九六九年の十一月だから、ドン・マキシモは当時三十代の前半だったはずだ。

主がいなくなり伴奏者だけが残ったさびしさが名刺の肩書きに漂う。

『上の狐と下の狐』の献辞に記されたドン・マキシモの出身地を地図で調べると、ルカナス郡にある。つまりアルゲダスが幼少時をすごした土地だ。同郷のバイオリン弾きだということもあって、アルゲダスはとくにマキシモ・ダミアンを贔屓《ひいき》にしていたのだろう。

アルゲダスはドン・マキシモのバイオリンに合わせてケチュア語で歌を歌った。かなりの美声の持ち主だったらしい。アンデスの歌への愛着は『深い川』に頻繁に引用される歌詞からもうかがえる。そのひとつで、死に引き寄せられる自分の傾向性を明かしてもいる。

――ぼくは眠りに落ちた。夢のなかで、幼いころに聞いて以来ずっと忘れていたあるワイノの一節が聞こえてきた。その調べは一晩じゅうぼくの耳の奥で響きつづけた。

アパンコラ、アパンコラ（毒蜘蛛）
早くおいらを連れてってくれ
おまえの闇の家のなかに
お願いだから、置いてくれ。
おまえの髪の毛で
死をもたらすその髪の毛で
おいらを愛撫しておくれ。

ドン・マキシモに亡くなる直前のアルゲダスの様子を聞いてみた。
「一週間前に会いましたが、ほんとうに上機嫌だったんです。死ぬような気配はまったくありませんでした。今度また会ってにぎやかにやろうといって別れたんです」
という答えが返ってきた。
しかしドン・マキシモに捧げられた『上の狐と下の狐』の「最初の日記」には、アルゲダス

はすでに、

――いま私は再び自殺のとば口に立っている。もはや戦う気力も仕事をする気力もなくしてしまった。

と書いていた。また小説に織り込まれた「最後の日記」にも、

――……私とともにひとつの時代が幕を閉じ、新たな時代がはじまろうとしているのかもしれない……。もはや銃の一撃だけが、私に放つことのできる最後の火花だ。

と記した。

墓地にむかうアルゲダスの棺《ひつぎ》に、ドン・マキシモと何人かのアンデスの楽士が付き添った。バイオリンやケーナやチャランゴが奏でられ、リマの市街を進んでいく葬列を、ふたりのハサミの踊り手が先導した。


一九六二年に書かれた短編「ラス・ニーティの最期」は、アルゲダスの晩年の傑作だ。老いたハサミの踊り手は、死期の近いことを悟って病床から起きあがり、きらびやかな衣裳をまとい、最期の踊りを披露する。

――ダンサックはすでに左手に赤いハンカチをかかげていた。白いハンカチに仕切られた顔は、体から独立しているように見えた。(……)ダンサックは鋼鉄のハサミを鳴らしはじめた。部屋の暗がりの中で、ハサミの繊細な音は、奥深いところから聞こえてくるようだった。

ラス・ニーティの身に宿っていた山の霊は、コンドルの姿をとって頭の上にとまっている。

飛び立とうとするかのように羽を細かくふるわせているが、その様子は皆に見えるわけではない。ラス・ニーティの妻には見えるが、ふたりの娘には目を凝らしても何も見えないのだ。

――おまえにはまだそれだけの力がそなわっていないんだ。父さんの頭の上に座り込んで、静かにこの世のあらゆる物音を聞いてるわ。死が間近いから、何もかもが聞こえるの。

と母親は娘にいう。

ラス・ニーティの最期の踊りに、ハープ弾きのルルーチャとバイオリン弾きのドン・パスクアルも駆けつけた。弟子のアトックサイク（キツネを疲れさせる者）も呼ばれた。

ラス・ニーティはそうした人びとに見守られながらハサミの踊りを舞いはじめる。

シシ・ニナ（蟻の炎）、ヤワル・マーユ（血の川）、ワルパ・ワカイ（雄鶏の歌）、ルセーロ・カンチ（星の明かり）……、いろんなリズムとステップがあるようだ。アンデスの斜面を軽快に駆け下りる急流や、密林にむかう大河……。ハープとバイオリンの音は、アンデスの自然と呼応するのだ。

ラス・ニーティの死は舞のさなかに訪れる。片方の脚が動かなくなり、やがてもう一方の脚も萎えてしまう。

膝を折ったまま赤いハンカチをうち振っていた腕がだらりと垂れると、背中を地面につけて、なおもハサミを鳴らしつづける。だがその手もしだいにかじかんでいく。

ついにはハサミも手放すが、見開いた目はなおもイリャパ・ビボン（光のふち）のリズムを刻みつづける。

――ラス・ニーティは目を動かした。白目の部分はいきいきと輝いて見えた。気味のわるい印象ではなかった。(……)ハープの金属の弦から炎が湧き起こって揺らめいた。とりとめなくなっていくダンサックの目の動きをハープは追った。完璧に追いつづけた。

マキシモ・ダミアン一座の記者会見場で、とつぜんバイオリンがふたたび鳴りはじめた。しまったはずのバイオリンとハープを引っぱり出して、ドン・マキシモが演奏をはじめたのだ。ジャンパー姿のまま、部屋の奥まった一角に陣取っている。壁を背にしたドン・マキシモのバイオリンの弓はいきいきと動き、椅子に腰を下ろしたハープ弾きは、ときおりドン・マキシモを見上げる。

傍らに立ったドン・マキシモの妻は、一歩前に出て、

「ホセ・マリア・アルゲダス先生がお好きだったお別れの歌をうたいます」

といって、両手を頭上にあげながら、かん高い声で歌いだした。

ぼくは『ヤワル・フィエスタ』の一節を思い出した。

――村はずれにさしかかると、女たちは歌いだした。いちばん細くてかん高い声で別れのハラウィーを歌った。(……)空の静けさと穏やかさのなかで、歌声はバラヨックたちの胸をしめつけた。女たちの細い声は、針のように山々を貫いていった。

部屋のその一角にアンデス高地の風が吹き、インディオたちのたむろするチチャ酒場のにおいとほの暗さが漂ってくるようだった。

だがわれわれの背後で、係員たちは音を立てて容赦なくテーブルや椅子を片づけはじめていた。

「八時にここを出なくちゃいけないんだ」

そのときドン・マキシモの奥さんが、スカートの両わきをほんの少しつまみ上げて、右に左へと体を傾けながら、小さく小走るようなステップで踊りはじめた……。

◆本稿で触れた作品

『ヤワル・フィエスタ』(杉山晃訳)現代企画室

『深い川』(杉山晃訳)現代企画室

3

小説と映画

ネルーダと「イル・ポスティーノ」

ときおり映画につきあわされることがある。家人はあれも見たいし、これも見たいという。そんないきさつで見ることになった映画のひとつが「イル・ポスティーノ」である。主人公の郵便配達人を演じたマッシモ・トロイージの演技は、やはり評判どおり圧巻であった。原作は『ネルーダの郵便配達人』という長編で、チリのアントニオ・スカルメタの少し前の作品だ。

ネルーダはノーベル賞を受賞した詩人で、回想録やいくつかの詩集を日本語でも読むことができる。映画ではフィリップ・ノワレが初老のネルーダを演じていた。そういえば『勝手にシネマ2』で石川三千花が「ドーランの塗り込みすぎ」で、詩人というよりいい爺さんにしか見えなかったとこぼしていた。表情にもう少し鋭さが欲しかったのはうなずける。しかし体の輪郭や腹の出っ張りぐあいが、ネルーダによく似ていたのも確かだ。

顎《あご》のまわりや腹に贅肉《ぜいにく》をつけたネルーダは、無類の美食家であった。週末ごとに海辺の屋敷に大勢の客人を招いて豪勢な料理をふるまった話は有名だ。そして不思議なことに、この大食漢でいささか快楽主義的な詩人は、コミュニストでもあった。見るもの、触るもの、聞くものすべてを詩に歌い上げた。そのたぐいまれな才能や、主要な作品の質の高さに疑義をさしはさむ者はいないが、あれもこれもいささか書きすぎたきらいがある。社会正義を声高に説き、スターリンを讃える作品もだいぶ書いてしまった。

大統領候補にまでなったネルーダだが、民衆のあいだでは『二〇の愛の詩と一つの絶望の歌』の詩人として絶大な人気を誇っていた。この小さな詩集は、ラテンアメリカで今日にいたるまで最も読まれてきた作品のひとつだろう。朗読会が開かれると、若い女性たちはネルーダの声を聞いてため息をもらし、そのまわりに群がった。でっぷり太った不恰好な男が、日本の少年アイドルなみに女性ファンにもみくちゃにされる光景はいささか信じがたいが、これは嘘《うそ》でもなんでもない。まあ詩人のことばの魔力のなせるわざだろうか。映画のなかでもそうしたシーンが再現されていた。イタリアに亡命してきたネルーダを、大勢の女性ファンが奇声をあげながら出迎えるのである。

ところで、イル・ポスティーノの仕事というのは、要するに世界中から送られてくるファンレターをネルーダのもとにせっせと送り届けることであった。配達の際、詩人が赤いドレスを着た妻とタンゴを踊っている場面に出くわしたりもする。若く美しい妻が、当時のネルーダのミューズであったのはいうまでもない。しかし年月は流れ、最晩年のネルーダには新たな若い恋人がいたことが最近明らかになった（エンリケ・ラフォルカデの『不思議の国のネルーダ』に詳しい）。フランス駐在大使であったネルーダとチリにのこった恋人とのあいだを手紙がひそかに行き来した。ここにもイル・ポスティーノの役を演じた人物がおり、これもなかなか切ない話である。

マヌエル・プイグと「蜘蛛女のキス」

このあいだは「蜘蛛女のキス」のミュージカルを見そびれてしまったうえに、きょう近くのビデオショップに行ったら、あったはずの「蜘蛛女のキス」のビデオがなくなっていた。ウィリアム・ハートの演じるモリーナを久しぶりに見てから、この原稿を書くつもりだったのに残念だ。エクトル・バベンコが監督したこの作品でウィリアム・ハートがアカデミー主演男優賞をとったのは一九八〇年代の半ばだ。同性愛者のモリーナをウィリアム・ハート、同じ監房に入れられた政治犯をラウル・ジュリアが演じた。ラウル・ジュリアは、このあと「アダムス・ファミリー」で活躍したのでご存知の方も多いのではないだろうか。

この映画を見た原作者のマヌエル・プイグはあまり満足しなかった。あのモリーナはわたしの描いたモリーナとは別人だ、と語った。でも憤慨していたわけではないだろう。映画は映画として描かなければ成功がおぼつかないことを、若いころ映画監督を志したプイグのことだから、誰よりも知っていたにちがいない。

ところでこの作品はプイグ自身の手で戯曲にもアレンジされている。映画化の数年前だ。ブラジル、スペイン、イタリアなどで大当たりした（アルゼンチンではほとんど無視された。偏見や迫害を恐れて故国に戻れなかったプイグの複雑な心境は、『ブエノスアイレスよ、おまえがわたしを愛するのはいつの日だろう』というインタビュー集の題名からもうかがえる)。戯曲は世界各地で上演され、これまでさまざまなモリーナが舞台に登場している。日本では村井国夫のモリーナが好評を博した。

とはいえ、ぼくは小説のモリーナをこれからも支持しつづけることになるだろう。ミュージカルや芝居に出かけるのが億劫だからというわけではない。活字のモリーナに絡めとられた人間なのだ。モリーナの語る映画の話と、彼自身の切ない運命、そしてわれわれの生きる現実とのあいだに、プイグは複雑で微妙な仕掛けを張りめぐらせておいたのだ。それにひとたび魅せられたら、もはや……。

ボルヘスと「エビータ」

エビータが三三歳で亡くなったのは一九五二年。夫のファン・ドミンゴ・ペロンがクーデターで失脚したのが三年後。そのころぼくはペルーのリマに暮らしていた。まだ子供だったから、政治のことは何もわからなかったが、しきりにエバやペロンの名前を耳にした。とくにエバについては、大人たちが声をひそめて語っているのにしばしば出くわした。近寄ると女たちは、眉をしかめたまま、あるいは口元に侮蔑の笑いを浮かべたまま、急に口をつぐんだ。いま思えば、隣国の大統領夫人が、娼婦まがいのことをしていたとか、男たちをつぎつぎと替えてのしあがり、いまは聖女のように崇《あが》められているとかいったようなことを噂《うわさ》しあっていたのだろう。

ところで、ペロンが絶大な人気をほこっていた時代に、ボルヘスや文芸誌「スール」の面々は、大衆を熱狂させるパフォーマンスや、エビータの派手な慈善事業をうさんくさい目で見ていた。おかげで種々の迫害や弾圧を受けるはめになった。文芸誌「スール」を主宰していたビクトリア・オカンポは逮捕され、市立図書館の職員だったボルヘスは、市場のニワトリやウサギの検査係にまわされた（けっきょく辞職するほかなかったが）。

のちに刊行されたボルヘスの詩集『創造者』のなかにエバ・ペロンに触れた作品がある——《不思議でならないが、こんな葬式のまねごとを思いついて実行に移すことができるのは、いったいどういう種類の人間だろう？　狂信者か？　哀れな恥知らずか？　幻覚に憑かれた者か？　詐欺師か？　それともすね者か？　（……）喪服の男はペロンではなく、ブロンドの髪の人形はその妻のエバ・ドゥアルテではなかった。しかし同様に、ペロンはペロンではなく、エバはエバではなかった。彼らは、庶民の人の好さや心の優しさにつけ込んで愚かしい神話をでっちあげた、未知の、或いは匿名の人間（彼らの秘密の名前と真の顔はわたしたちに分からない）だったのだ》（鼓直訳、「まねごと」より）

ボルヘスのおなじみの考察だ。まず「エバ」とか「ペロン」とかいう役柄があって、それをさまざまな時代にさまざまな場所で、さまざまな人間がくり返し演じてきたというのだ。永遠のなかの反復と相似、運命の不思議と皮肉。そしてむろん、あの「でっちあげられた愚かしい神話」への嫌悪もこめられている。

というわけで（?）、ぼくもマドンナの「エビータ」をはやばやと見に行った。お腹の膨らみを隠し切れぬマドンナが気になったが、それでも彼女が「ドント・クライ・フォー・ミー・

アルゼンチーナ」を歌い上げるたびに、ぼくは目頭が熱くなった。これではボルヘスのいう人の好い、心やさしい庶民になってしまうと焦ってしまった。帰りにはCDも購入したが、目当てはエビータを田舎町からブエノスアイレスに連れだすタンゴ歌手の歌う「千個もの星が降るこの夜／君を天国の扉にお連れしよう」という甘いバラードだった。これはいまも聞いて楽しんでいる。

バルガス＝リョサと『フリアとシナリオライター』

このところ毎日のように家でビデオ映画につき合わされている。俳優の名前もだいぶおぼえた。だがいささか寝不足気味で、朝の早い授業はやはりつらい。ゆうべも「ラジオタウンで恋をして」（一九九〇）というアメリカ映画を遅くまで見てしまった。原作はバルガス＝リョサの『フリアとシナリオライター』だ。映画化されているとは知らなかったので、AUNT JULIA AND THE SCRIPTWRITER というタイトルが画面にあらわれたときは一瞬わが目を疑った。

自伝的な小説ということもあって、若いころのバルガス＝リョサとほぼ等身大の主人公が出てくる。フリアはその美貌のおばで、このほかにペドロ・カマチョという風変わりなシナリオライターが活躍する。随所に笑いがしかけられており、読者を飽きさせない。世界的なベストセラーになったのもうなずける。日本でも翻訳が準備中のようだ。

物語は、大学生の主人公が、離婚してリマにもどってきたひとまわり年上のフリアと再会するところからはじまる。冗談がやがて本気になり、ふたりは恋に落ちる。もちろん親戚じゅうが大騒ぎになる。ふたりはそれでも強引に結婚してしまう。恋愛から結婚にいたるまでの波乱に富んだいきさつが、しゃれた会話を織りこみながら、ユーモラスに描かれる。一九五〇年代のリマを舞台にした、愉快な青春小説でもあるのだ。

構成が凝っていて、ペドロ・カマチョの書き進めるラジオドラマが、劇中劇のようにはさみこまれている。リマじゅうの人々が固唾《かたず》をのんで聞き入るドラマだけあって、どれもみごとだ。もっともこのシナリオライターは、天才と狂気のはざまにいるようなところがあり、それらのドラマはしだいにとんでもない展開を示すようになる。

映画では残念ながら、物語の舞台はリマからニューオリンズに移されている。主人公を演じるのは、「スピード」や「マトリックス」のキアヌ・リーブスだ（若いころのバルガス＝リョサによく似ていた）。風変わりなシナリオライターに扮《ふん》するのは、「刑事コロンボ」のピーター・フォークだ（これもなかなかいい演技をしていた）。

ところで映画と小説の結末は、いくらか異なる。映画では新婚ほやほやのふたりが憧れのパリにやってくるところで幕が下りる。小説では、そのあとさらに後日談が添えられており、そこではフリアとの結婚生活は八年続いたこと、いまはその姪のパトリシアと再婚していることがあかされる。うそのような話だが、これも「事実」に即している。

そのパトリシア夫人に以前会ったことがある。よく光る大きな目に肉感的な唇、そして張りのある声、なかなか手ごわい感じの女性であった。つい先週のスペインの新聞でもその写真を見つけた。バルガス＝リョサとヘブロンを訪れたときのもので、パレスチナ側から石つぶての雨が降ってくるのか、ふたりとも頭を覆って通りを走り抜けている姿が写っていた。

ルルフォと「黄金の鶏」

酒場の撮影シーンにかり出されたときのルルフォのスチール写真が残っている。帽子を斜めにかぶり、うしろ向きにカウンターにひじをついて、渋くポーズをきめている。ルルフォを知る人は、いつもどこか悲しげだったと語るが、この写真からもそんな雰囲気がただよってくる。パーティーに呼ばれても、部屋の片隅にひっそりとすわって、ほとんど口をきかなかった。子どものころ、親や親戚をつぎつぎと殺され、孤独がからだに染みついてしまった、と自らも語っていた。

そんなルルフォの長編『ペドロ・パラモ』を、ガルシア＝マルケスはまるごとそらんじられたという。信じがたい気もするが、言葉のあやではなく、確かにどのページも暗唱できたと力説する（「ファン・ルルフォのなつかしい思い出」）。マルケスはのちに、カルロス・フエンテスらと「黄金の鶏」の脚本を手がけた。「黄金の鶏」というのは、映画のためにルルフォが書いた物語で、映画は一九六〇年代の半ばに完成した。それを数年前にスペインのテレビで見たが、マリアッチ楽団の歌声と切れ味のよいセリフがいつまでも耳にのこる力作だった。

原作のほうはずっと忘れられていたが、一九八〇年に不意に刊行された。あらすじ程度のストーリーだと思われていたものが、細部まで丹念に描きこまれた本格的な小説だった。もっとも文章の洗練度が、『ペドロ・パラモ』や『燃える平原』の水準に達していないのが気になってか、あくまでも映画のテキストとしての刊行にこだわった。題名も『黄金の鶏、その他の映画のためのテキスト』だった。

活字になると、あらたな映画化の話が持ちあがり、リプスティン監督の「黄金の鶏」ができあがった。先日のメキシコ映画祭でそれが上映された(一九九七年六月)。ぼくも見に出かけたが(見ただけでなく、字幕も訳した)、原作に忠実な作品だった。原作に忠実だとたいがい退屈なしろものになるが、「夜の女王」や「深赤色」のリプスティンだけあって、ルルフォの世界をみごとに映像化することに成功していた。とくに主人公が、死んだ母親を筵《むしろ》にくるんで引きずっていくシーンや、酔いつぶれたまま死んでしまった妻をしたたかに蹴とばすシーンは忘れがたい。ルルフォの描く男たちは、いかさまだろうが、殺しだろうが、とにかくあらゆる手を尽くして成り上がり、やがて一気に人生を転げ落ちていく。登場人物の運命が不思議な意匠を描きながら反復され、因果応報が確実に刻まれる……。リプスティンは、小道具として古ぼけた等身大の鏡を巧みに使ったが、ボルヘスがそれを見たなら、さぞ喜んだだろう。

「黄金の鶏」のあと、ルルフォは死ぬまで何も書かなかった。あんがい書いていたかもしれないが、何も発表しなかった。昔はひと晩で短篇をひとつ書けたが、いまは羽を切られて飛べなくなってしまったとインタビューに答えていた。空高く飛翔《ひしょう》できた時期は、ごく短かった。ボルヘスは、作品を発表したがらなかった作家としてルルフォの名をあげている。

ガルシア＝マルケスと『十二の遍歴の物語』

ボルヘスの処女詩集『ブエノスアイレスの熱狂』は三百部印刷されたという。ガルシア＝マルケスの『大佐に手紙は来ない』は、二千部のうち大半が売れ残った。ボルヘスは、それぐらいの部数のほうが、読んでもらっているという手応えが感じられると語っていた。今では、マルケスの新刊は、スペイン語版だけでも優に五十万部を越える。「友人たちに楽しんでもらうために書いてるんだ」といったのは有名な話だが、活字になる前の原稿を友人たちが読んでいるというのはどうやら本当のようだ。ときには書き上げたばかりの原稿を電話口で読んできかされることもあるとか。

ところで評伝『ガルシア＝マルケス――種への旅』を読むと、それぞれの時代にマルケスのまわりに、結束のかたい仲間たちがいたことがわかる。仕事が終わるとカフェや酒場に集まり、にぎやかに文学や映画の話をした。

『百年の孤独』が書かれたメキシコ時代には、ルルフォやフエンテス、二十代になったばかりの映画監督リプスティンらも加わって、脚本や映画づくりに打ちこんだ。そうしたキャリアも影響してか、マルケスの作品で映画化されたものは少なくない。日本でも話題になったものに「エレンディラ」「大きな翼を持った老人」「予告された殺人の記録」などがある。ノートに書きとめたアイディアを、何人かで手を加えながら台本をつくり、数年たったところでそれをまた短篇に焼き直すようなこともしている。そうした遍歴と熟成をたどった作品を集めたのが短編集『十二の遍歴の物語』だ。前書きには「五つは映画の台本、一篇はテレビの連続ドラマだったことがある」と記されている。そのうちのいくつかはぼくも見たが、「雪の上に落ちたお前の血の跡」が映画になっていれば是非とも見てみたい。冬のパリを舞台にした、おかしいけれど、とてつもなく哀しい男の物語だ。熱帯のカリブから新婚旅行でやってきたタフで陽気な男が、勝手の違う都市でさんざんな目に合う。今回また読み直してみたが、瀕死の妻を抱えて途方に暮れる後半はやはり切なかった。友だちのいない見知らぬ土地の孤独を、マルケスがどれほど恐れているのかもよくわかった。

『十二の遍歴の物語』の前書き（緒言）には、台本にも短篇にもアレンジできなかった話がひとつ紹介されている。自分の葬儀に参列した夢の話だ。ぞろぞろ墓地にむかって歩いているのだが、仲間たちと一緒なので妙にうきうきしている。墓地では懐かしい友人たちも大勢きていて、いつの間にか祭りのようなにぎわいになった。だが日が暮れて、自分も皆と一緒に帰ろうとすると、呼び止められて、おまえがここに残らなくてどうする、といわれる。「その時になって初めて私は、死ぬというのがもう二度と友達と一緒にいられないということであるのを理解したのだった」（旦敬介訳）とマルケスは述べている。おそらく雪の舞うパリで独りぼっちになったくだんの男も同じことをつぶやいたはずだ。

（「ドゥ　マゴ通信」No.37〜No.42、1996・12・10〜1997・10・10）

◆本稿で触れた作品

スカルメタ『イル・ポスティーノ』（鈴木玲子訳）徳間文庫

ネルーダ『二〇の愛の詩と一つの絶望の歌』（松田忠徳訳）富士書院

プイグ『蜘蛛女のキス』（野谷文昭訳）集英社文庫

ボルヘス『創造者』（鼓直訳）国書刊行会

ルルフォ『ペドロ・パラモ』（杉山晃・増田義郎訳）岩波文庫

ルルフォ『燃える平原』（杉山晃訳）水声社

ガルシア＝マルケス『大佐に手紙は来ない』内田義彦訳『ママ・グランデの葬儀』所収、集英社文庫

ガルシア＝マルケス『百年の孤独』（鼓直訳）新潮社

ガルシア＝マルケス『十二の遍歴の物語』（旦敬介訳）新潮社

4 日本文学の翻訳

新しい翻訳家たちの登場

ハビエル・ソログレンはペルーの詩人である。先日、日本の出版社が出している国際向けの翻訳賞の審査員として来日した。十数年ぶりの三度目の来日である。以前に井原西鶴の『好色五人女』を共同でスペイン語に訳したことがあるので、それ以来のなつかしい再会となった。

ソログレン氏はこれまでラテンアメリカで最も積極的に日本文学を紹介してきたひとりである。フランス語訳で日本文学を知り、その魅力にとりつかれてから久しい。谷崎、川端の作品を訳し、詩や散文のいくつかのアンソロジーも手がけている。それらの選集には能や文楽、歌舞伎のテキストも見いだされ、スペイン語圏の読者にとって、日本文学の全容を展望するには貴重な書物となっている。

ソログレン氏はそうしたパイオニア的な役割を演じてきたわけだが、スペイン語圏における日本文学というのは、きわめてマイナーな存在である。フランス語や英語からの重訳で、ようやくアンソロジーがひとつ編まれるといったあんばいだ。むろん受容する側の関心の低さは、そのまま日本側の努力不足のあらわれと受けとめてしかるべきだが。

ひさしぶりに再会したソログレン氏は、もう七十代の半ばになっていたが、日本文学に対する情熱はいささかも衰えていなかった。これからもいくつかの作品をスペイン語に訳すのだといっていた。もっとも氏の翻訳の弱点のひとつは、日本語からの直接訳ではないということだ。氏もそのことを承知して、日本語をじかに読めないこと、新しい外国語を習いおぼえるには若くないことをしきりに悔やんでいた。

それで今回の翻訳賞でのソログレン氏の役割というのは、翻訳の文章の芸術的なレベルを判定することだったようだ。日本語の作品がきちんとスペイン語に翻訳されているかどうかは、ふたつの言語に通じた審査員にまかせておいて、ソログレン氏はもっぱら、スペイン語の訳文の質をみきわめればよかったのだ。

ホテルに訪ねたとき、いろんな原稿をあてがわれて、それらを読む作業でたいへんなのではないかと思ったが、意外なことに「徹底的に暇だ」といった。話をきくと、候補になっている作品をすでにペルーで読んできたのだという。出版社があらかじめ候補作を五つに絞りこんで、それらを事前に審査員に送っていたのだ。結論もだいたい出ているとのことだった。

もともとそう多くの作品がスペイン語に訳されているわけではないし、わりに多くの作品を訳してきた人が審査員にまわっているのだから、おそらく候補作を絞りこむことも、そのなかから受賞者を選び出すこともそう難しい作業ではなかったのではないかと思う。けっきょく村上春樹と安部公房の小説を翻訳したスペインの訳者が受賞したとあとで聞いた。それらは重訳ではなかった。ソログレン氏のつぎの世代がそろそろ登場してきたということだろう。

春樹やばななよりも谷崎や川端

歌舞伎を見た帰りに、ソログレン夫妻と銀座の洋書店に立ち寄った。日本文学の英訳本が並んでいる書棚のまえに立つと、むしろ夫人のほうが顔を輝かせながらつぎつぎと本を手にとっては、ページをめくった。ぼくは村上春樹の『世界の終りとハードボイルド・ワンダーランド』を勧めてみたが、どうやら村上春樹や吉本ばななの世代にはあまり興味がないようだった。

そういえば春に訪れたスペインでは、訳が出たばかりの吉本ばななの『キッチン』や『N・P』が、イタリアで評価された余波か、大々的に売り出されていた。日本の新しい書き手ということで、村上春樹とともに大きな話題をよんでいた。とはいえ、スペインの有力紙エル・パイスで『羊をめぐる冒険』が酷評されたことがある。アメリカで注目を集めている日本の若い作家だというので期待して読んだが、とくにどうということはなく失望したという内容だった。書評子のあからさまな失望の原因のひとつは、村上春樹の小説が、従来の「日本的な」小説ではなかったことにあるようだった。

ソログレン夫人が春樹やばななにさほど興味を示さないのもそこらあたりにあるのだろう。「どこにでもあるような世界が描かれているのでしょう?」と彼女は眉を少ししかめていった。

日本の若い作家の描く現代は、欧米の都会に暮らす人間に共通な現代であったりする。日本語、英語、フランス語と言葉はちがうかもしれないが、共時的なテーマや状況が描かれ、文体にも手法にも国籍がなくなった。われわれはニューヨークやパリに住む人々と同じような感覚で小説を読んだり、その世界に没入したりできるのだ。もはや現代はそういう時代であり、先端的な文学はそうしたなかで営まれていくほかないのだ。

しかし、異国趣味にばかりひきつけられて、というわけではないと思うけれど、日本の小説をあえて読みたい海外の読者は、やはり「日本的な」小説を期待してしまうようだ。独特の感覚や美意識、価値観、伝統、風俗などに魅力を感じるのだ。だからソログレン夫妻も、新しい世代の作家たちの作品よりも、古典的な日本が描かれている谷崎や川端や三島が好きなのだ。「この本をさがしていたの」とソログレン夫人がいくぶん顔を紅潮させながらいった。手にしていたのは谷崎の『少将滋幹の母』だった。「だいぶ前にどこかに出ていた切れ端を訳したことがあるけれど、全部を訳してみたかったの」とソログレン夫人は、英訳本を胸に抱きながらいった。ぼくが、もうスペイン語訳が出ているかもしれないから、こんど大学の図書館で調べてみましょうといったら、「翻訳が出ていてもかまわないわ。じっくり読んでみたいから、訳しながら読んだほうがいいわ」と答えたのにはおどろいた。

読むようなスピードで訳せるというのは、同じ西洋語だから可能なわけで、日本語から訳すとなると、とてもそんなわけにはいかないだろう。ぼうだいな労力と時間がかかってそう気軽に趣味的な翻訳を試みるわけにはいかないのだ。でもまあソログレン夫妻にはこれからもどんどん翻訳を手がけてもらいたい。しっかりした英訳なり仏訳なりがあれば、下手な直接訳よりもはるかにいいものができるはずだ。それにふたりが贔屓《ひいき》にしている谷崎にしても川端にしても、まだスペイン語に訳されていない作品が山ほどあるのだから。

芭蕉のハイク

これまでスペイン語に訳された日本の文学作品がさほど多くないとはいえ、スペイン語圏の作家たちに多大な影響を与えたジャンルがある。詩の分野における俳句だ。ソログレン氏をはじめ、二十世紀の名だたる詩人たち（たとえばスペインのアントニオ・マチャード、メキシコのオクタビオ・パス、あるいはアルゼンチンのボルヘスなど）がハイクを手がけている。

俳句のスペイン語圏への伝播のいきさつについてはいろんな研究がある。その魅力をラテンアメリカに伝えた最大の功労者は、メキシコのホセ・フアン・タブラダ（一八七一〜一九四五）である。二十世紀の前半に活躍したこの詩人は、驚くほどの情熱をもって日本の文化をラテンアメリカに紹介した。十九世紀末のフランスのジャポニズムに触れて日本にあこがれた彼は、一九〇〇年に実際に日本に数カ月滞在し、日本の文化にますます心酔していった。

滞在中にメキシコの雑誌に定期的に書き送った記事を読むと、熱心に日本の日常生活を観察し、さまざまな芸能に興味を示したことがうかがえる。祭り、料理、建築、服飾、葬儀にいたるまで、現場に出向いて体験をかさね、しっかりしたレポートを書いているのである。日本人の洗練された美意識や生きとし生けるものへの慈悲心、自然との調和など、いまでは急速に忘れられつつあるそれらの美徳に触れて、深い感銘を受けて帰国した。

そのタブラダのジャポニズムが花開くのは一九一〇年代の終わりごろだ。『ある日……』（一九一九）という小さな詩集（ハイク集）をニューヨークで刊行し、つづいてベネズエラのカラカスでも『花壺』（一九二二）を世に送りだした。オクタビオ・パスによればこのふたつのハイク集によって、いきづまっていたラテンアメリカの詩が大きく革新されることになる。タブラダのハイクは、簡潔なイメージのもつ喚起力を詩人たちに気づかせ、過剰で空疎な言葉に痛烈な批判を加えることになった。装飾過多におちいっていたラテンアメリカの近代主義（モデルニスモ）は、おかげで新たな地平を見いだすことができたというのである。

オクタビオ・パス（一九九〇年にノーベル賞を受賞）は、若いときからタブラダを宣揚し、その再評価に大きな役割をはたしてきたが、ある意味で、彼こそタブラダの最もすぐれた継承者であるといえそうだ。あるインタビューでパスは、自分の文体はハイクに負うところが大きいと述べているし、たしかにその文章は、これまでの伝統的なスペイン語の文体とはちがったリズムを内包し、間や簡潔さで大きな効果をあげている。また『孤独の迷宮』や『弓と竪琴』といった画期的な文明論や詩論を書いているが、その視点にはいつも東洋の思想が息づいているのである。

外交官として一時期日本に滞在したことのあるパスは、わが国の文化や文学のすぐれた紹介者としても大きな役割をはたしてきた。林屋永吉氏との芭蕉の『奥の細道』の共訳がつとに有名である。セイクス・バラル社の版では、ハイクや松尾芭蕉についての力のこもった論考がふたつ収められているし、ほかのいくつかの評論集でも、万葉集から元禄時代にいたるまでの日本の詩歌の変遷をくわしくたどっている。それらの論考は、いまも若い世代に読みつがれて、日本文学への関心を呼び起こしつづけているはずである。

しかしパスの翻訳で芭蕉があれほど世界的に注目されるようになったとはいえ、芭蕉のほかの紀行文はいまだにスペイン語に訳されずにいる。『奥の細道』の訳が出たのはいまから四十年も前だから、この遅々とした日本文学の紹介ぶりはやはり問題だといわねばならない。

そんなわけでぼくは来日したソログレン氏に芭蕉の翻訳をしきりに勧めたのである。しかしよく考えると、俳句の翻訳というのは、はなはだ欲求不満をもたらす仕事である。芭蕉の俳句のスペイン語訳を読むと、それがたとえ当代一流の詩人パスの訳であったとしても、どこか物足りなさがのこるのだ。逆の場合でも大差がない。タブラダのみごとなハイクを、日本語に訳そうとすると、まっとうな俳句にはなかなかならないのだ。それぞれの原語で読むと、じつにすばらしいのだが、訳すとあまりにも色あせたものになってしまうのである。あんがい訳すよりは、ソログレンさんに自らのハイクをひねってもらったほうが、芸術的なよろこびが味わえるし、精神衛生上好ましいかもしれない。しかしそうはいっても、やはり芭蕉のすばらしさをなんとかスペイン語圏の読者にもわかってもらいたいものだ。となると訳者には奮闘を願うよりほかないだろう。翻訳賞を用意する意味もようやくわかってきた。

(『清泉文苑』第14号、1997)

5 コラム集

リベイロの暖かな筆致

リベイロには『サン・ガブリエルの記録』（一九六〇）や『日曜日の妖精たち』（一九六五）といった魅力的な長編があるが、ラテンアメリカ文学の隆盛期にはあまり注目されなかった。地味な文体や古風なテーマが、バルガス＝リョサやガルシア＝マルケスの華々しさの前では色あせて見えたこともあった。しかしその端正な文体や庶民の喜怒哀楽を描いた物語は、しだいに多くの読者を魅了していった。とくにペルーでは短編の名手として高い評価を得た。どこにでもいるようなサラリーマンや左官工、画学生や漁師といった市井の人々が、リベイロの短編の主人公である。そうした人々の挫折や屈辱が、暖かな筆致で、しかもユーモアとペーソスをまじえて描かれている。

晩年の短編集『喫煙家だけのために』（一九八七）では、少年の日々を回想しながら幾人かの級友たちの早すぎた死を、静かなノスタルジックな文体でつづっている。そのようなゆったりしたテンポの、しみじみとした作品を書ける作家はラテンアメリカにはそういない。だから著作があいついでスペインで刊行されるようになったここ数年、大きな驚きをもって迎えられたのは無理もない。

『すべての短編』（一九九四）にはタイトルどおり、作家活動をはじめた一九五〇年代からの作品が収められている。晩年の短編を読むと、過ぎ去った時間や死というものに関心がむいていることがわかる。そうしたテーマをあまり感傷的にならずに淡々と描いており、語り口からは人間的な品位ややさしさが感じられる。


（「北海道新聞」夕刊　1995・5・26）

◆フリオ・ラモン・リベイロ　Julio Ramón Ribeyro（ペルー、1929-1994）
「記章《バッジ》」（井尻香世子訳）『美しい水死人』所収、福武文庫
「ジャカランダ」（井上義一訳）『ラテンアメリカ怪談集』所収、河出文庫
「分身」（入谷芳孝・木村榮一訳）『遠い女』所収、国書刊行会

バレンスエラの女性たち

バレンスエラは若いころ新聞社で仕事をしていたが、アメリカの大学の創作ワークショップに参加したのがきっかけで本格的に作家活動に転じ、『有能な猫』（一九七二）という作品で一躍注目されるようになった。

軍部が跋扈《ばっこ》した一九七〇年代のアルゼンチンでは、身の危険を感じて国外に避難せざるを得

なくなったが、秘密警察が暗躍し、いつ逮捕されるか、暴行を加えられるか、戦々恐々としていなければならなかった時代の体験が『武器の交換』（一九八二）に生かされている。邦訳のあるこの短編集に収められた五つの作品のうち「夜、わたしはあなたの馬になる」は出色だ。恋人の安否を気遣う女主人公は、密やかな声で闇にむかって語りかけるようで、その言葉には不安と官能が入り混じり、われわれの心を強く引きつけるのである。

バレンスエラはまた、さまざまなたくましい女性たちを描く。「タンゴ」という短編（『シンメトリー』所収、一九九三）では、職探しに歩きまわる女主人公が登場するが、彼女の楽しみは、週末のダンスホールでタンゴを踊ることだ（手足が絡み、胸がはずむ、踊ることの快楽をバレンスエラの文章はうまく伝えている）。その夜も格好なパートナーにめぐりあった彼女は期待で胸をふくらませるが、踊りおわったところで男はいう――「女房に死なれて、いま息子とふたりで暮らしてるんだ。以前は、相手のご婦人をレストランに誘い、そのあとホテルに連れていくこともできたけど、いまは余裕がなくてね。女性がアパートを持っていて、それが都心に近いところにあるといいんだが」

女はそのあとも惨めな思いを味わうことになるが、愚痴をこぼすでもなく、落胆するわけでもない。むしろ悲しみを雄々しく抱いていこうとするかのようだ。バレンスエラの女性たちはしばしばそんなふうに強いのだ。

（「北海道新聞」夕刊1996・4・12、「図書新聞」1996・3・16）

◆ルイサ・バレンスエラ　Luisa Valenzuela（アルゼンチン、1938-　）
『武器の交換』（斎藤文子訳）現代企画室
「旅」（斎藤文子訳）『世界文学のフロンティア1「旅のはざま」』所収、岩波書店

モンテロソの笑いと皮肉

モンテロソはグアテマラの作家で、短編やエッセイに定評があり、その大らかなユーモアが魅力的だ。スペインの大手の出版社から著作があいついで出るようになったのは最近のことだ。ひとつひとつの作品が短く、わずか数行で終わるものもある。『全集（とその他の短編）』（一九五九）という題にもそのいたずらっぽさがうかがえる。何も書かなかった時代が長く続いたので、この百ページあまりの小さな本が名実ともに彼の「全集」になるのではないかと危惧されたこともあった。

『黄金をさがす者たち』（一九九三）も小さな本だ。いかにもモンテロソらしいエピソードが冒頭に出てくる。数年前にイタリアの大学へ講演に招かれ、「ほとんど知られていない作家だから、まず自分がどういう人間なのか少し話さなくてはならないだろうと思って、話しはじめたら、しだいにしどろもどろになってしまい、自分でも自分がどういう人間なのかよくわかっていないことに気づいた」という。この本ではそれを解明すべく少年の日々に思いをはせる。はるか遠い記憶が呼び覚まされるが、それらの断片はわれわれにとっても懐かしいものだ。

エッセイ集『魔法の言葉』(一九八三)でモンテロソは、ラテンアメリカの作家が心すべき三つのことを述べる――「雲を眺めること、ものを書くこと、そしてそれを隠すこと」。長い亡命生活をよぎなくされてきたモンテロソだが、以前、ニカラグアの独裁者ソモサの小説を書かないかと話を持ちかけられたことがある。食指は大いに動いた。なにしろ独裁者を描いてノーベル賞をもらったラテンアメリカの作家がふたりもいるのだ。だがけっきょく断った。ソモサの生い立ちや内面に分け入っていくうちに、しまいには彼を理解できるようになったと言い出すのが恐ろしかったという。贅肉《ぜいにく》をそぎ落としたモンテロソの文章は、いつもそうした笑いと皮肉に満ちている。

(「北海道新聞」夕刊1994・12・9、1997・2・14)

◆アウグスト・モンテロソ　Augusto Monterroso(グアテマラ、1921-　)
「ミスター・テイラー」(井上義一訳)『ラテンアメリカ怪談集』所収、河出文庫

ボンバルの繊細さ

「樹」(『最後の霧』所収、一九三五)という短編を読むと、この作家がどれほど繊細な書き手であったかわかる。

自閉的な若い女性のひとり語りは、外にむかって発した言葉というより、自身の内部に向けて繰り出されたものだ。もとより他人とのコミュニケーションを切り開きたいという欲求はあ

るが、性格的な困難があり部屋にひきこもってすごしている。
そうした内密な世界を保てるのは、自室の窓をおおうように生い茂る街路樹のおかげだが、その枝振りの豊かなゴムの樹はある日、いきなり切り倒され、外の光が一挙に部屋になだれ込んでくる。彼女はいやおうなくむき出しの光にさらされる――「まるで屋根を根こそぎ引き剝がされたみたいだった。……そしてその冷たい光の明るさの中で彼女はいっさいを見たのだった」(土岐恒二訳)
ボンバルは清澄な文体で、わずか二、三の作品を丹念に書き上げた。それらは最近スペインで刊行された『最後の霧／経帷子《きょうかたびら》を着た女』という小さな本におさまっている。
(「北海道新聞」夕刊 1995・3・31)

◆マリア・ルイサ・ボンバル María Luisa Bombal（チリ、1910-80）
「樹」(土岐恒二訳)『集英社ギャラリー［世界の文学］19ラテンアメリカ』所収、集英社

アントニオ・シスネロスの小さな物語

シスネロスの詩集を読むのは、いつも心楽しい経験だ。「彼らは七面鳥にピスコ酒を飲ませる」とか「君は有名なカウボーイの娘にそっくり」、「ぼくは四人の祖父母のお気に入り」といったタイトルが並び、詩編でありながら、普段着のような飾り気のない言葉で織りあげられた

小さな物語のようでもある。

シスネロスは二十代の半ばに、キューバの有力な（現在はさほどでもない）カサ・デ・ラス・アメリカス文学賞を受け、一躍注目された。ユーモアやアイロニーは当時からの特徴だが、年々それが研ぎすまされてきたように思われる。語り口の人なつっこさや生きのよさもこの詩人の持ち味になっている。

わずか十数行のうちに読者をむんずと捉え、瞬く間に地平の彼方に連れ去ってしまう、そうしたすばやさがその作風にあり、それが連歌を共同制作した大岡信を唸らせたようだ――「シスネロスさんの詩の付け方は非常に素早い。日本の詩人は考えるんです、長い間。考えて、考えて、二十分も三十分もたってから、やっと三行か四行の詩を書く。ところが、彼は三分も考えない。それでいて出てくる詩は実にいい詩なんですよ。僕は驚いた」（来日したおりの鼎談《ていだん》「国際交流」55号、一九九一年）。

シスネロスには、『アリクイに対する儀礼の歌』（一九六八）や『チルカの幼子イエスのクロニクル』（一九八二）といった詩集がある。メキシコから『夜になると、猫が』（一九八九）というアンソロジーも出ている。寡作なのが残念な気もするが、聞くところによると、ペルーでは売れっ子のコラムニストに変貌をとげたようだ。アイロニカルな暗喩を散りばめた切れ味するどい散文を想像するが、どうなのだろう。はやく読んでみたいものだ。

（「図書新聞」1995・8・19）

◆アントニオ・シスネロス　Antonio Cisneros（ペルー、1942-　）

パチェーコの鮮やかな戦略

オクタビオ・パスにつづく世代のなかで、とりわけ高い評価を受けてきた詩人にメキシコのホセ・エミリオ・パチェーコがいる。これまで『時間がどのように過ぎていくのか聞かないでくれ』（一九六九）や『海の仕事』（一九八四）といった詩集のほかに、何冊かの長編や短編小説も発表している。また大学で教鞭をとり、新聞や雑誌で積極的に評論活動も展開してきた。もっとも詩人としての名声が高い分だけ、ほかの分野での業績が正当に評価されなかったきらいがある。

だが最近、散文家としてのパチェーコが大きくクローズアップされてきた。その透明感のある端正な文体が、多くの読者の心をとらえたようだ。短編集『メドゥーサの血』（一九九〇）の表題作では、メドゥーサの首をはねたペルセウスとアンドロメダが登場する。アンドロメダは海の怪物の生け贄にされる寸でのところをペルセウスに助けられ、その妻となった。恐ろしいメドゥーサを倒し、麗しいアンドロメダを救出したペルセウスは、ギリシア神話のたくましい英雄のひとりだが、短編「メドゥーサの血」でパチェーコが描くのは、それらの輝かしい日々から何年も過ぎたあとのことだ。ペルセウスは目がかすみ、腰も曲がっている。アンドロメダも年をとり、美貌も衰え、両者をむすんでいた愛情も遠い昔の「思い出」にすぎなくなっている……。生のはかなさや死すべき者の哀しみは、この設定からでも十分に伝わってくるが、パチェーコはそれだけであきたらずに、首をはねられたメドゥーサの怨念を、ペルセウスの晩年に投影しようとする……。わずか七ページのこの作品には、さらに別の物語もくりひろげられる。安アパートに若い男と、はるか年上の妻が住んでいる……。ふたつの物語は幾重にも照射しあって、作品の奥行きをさまざまな方向に押し広げる。パチェーコはそうした技巧と戦略の巧みな作家である。

（「図書新聞」1998・10・17）

◆ホセ・エミリオ・パチェーコ José Emilio Pacheco（メキシコ、1939- ）
『メドゥーサの血』（安藤哲行訳）まろうど社
「砂漠の戦い」（安藤哲行訳）『ラテンアメリカ五人集』所収、集英社文庫

ペドロ・シモセの詩集

ラテンアメリカの文学を学ぶ者にとって、ペドロ・シモセの『ラテンアメリカ文学史』（プラヨル社、一九八九）は重宝な本だ。文章がすぐれており、写真も豊富だ。この種の本は無味乾燥なものになりやすいが、この概説書はそんな欠点を免れている。

ペドロ・シモセの名は、以前からいくつかのラテンアメリカ現代詩のアンソロジーで見かけ

ることがあったが、作者紹介の短い文には、一九四〇年ボリビア生まれと出ているだけで、日系人かどうかわからなかった。アンソロジーに収録された作品を読むかぎりでは、東洋のルーツをうかがわせる言葉はひとつも出てこなかった。むしろインディオやメスティソなど虐げられた民衆や、ボリビアという国への思いが激しい調子で歌われていた。

しかしこのあいだ古書カタログのなかにペドロ・シモセの『作品集』（一九八八）を見つけ、注文したところ、届いた本の表紙にその写真が使われていた。高層ビルのベランダに片ひじをのせ、顔をわずかに横に向けて遠くを眺めている。明るい色のジャケットに黒っぽいネクタイ。かすかに微笑んでいる。物静かな顔立ちである。見返しの紹介文には、「両親が日本人で、（……）この国の詩の未来に新しい地平を切り開いた詩人のひとり」と書いてある。

『作品集』には、一九八〇年代半ばまでの八つの詩集が収められている。順番に読んでいくと、ボリビアの現実をめぐる若いころの激越な調子が、しだいに変化していったのがわかる。七〇年代には郷愁を帯び、やがて静かなもの悲しささえただようようになる。それは独裁制を非難し亡命生活を余儀なくされた境遇とむろん無縁ではあるまい。

（「図書新聞」1995・12・9）

◆ペドロ・シモセ　Pedro Shimose（ボリビア、1940- ）

スコルサの『ランカスのための弔鐘』

アンデスを舞台にした多くの小説では、苛酷な生活にたまりかねた先住民のインディオが抗議の声をあげると、すぐさま軍隊がやってきて彼らを容赦なく弾圧し、沈黙させる。それは数百年にわたってくり返されてきた現実だ。そしてインディオをめぐる小説の、いわばおきまりのストーリーでもある。

だが、マヌエル・スコルサの長編『ランカスのための弔鐘』（一九七〇）は、いささか毛色の違った作品だ。ラテンアメリカ文学が活況を呈していた七〇年代に書かれただけあって、さまざまな新しい手法が使われ、語り口もユーモラスで、おきまりの抵抗と弾圧のドラマと平行して、神話的な英雄になりそこねた男のお粗末な「活躍」も描かれるのだ。

主人公は仲間たちと謀議して、横暴な判事をしとめる作戦を練るが、企てはことごとく失敗に終わり、しまいには女装して逃走しなければならなくなるが、妻に密告され、あえなく逮捕されてしまうのだ。

妻は、勝ち目のない戦いにのめり込んで家族をほったらかしにしてきた夫を責めたてる。それは、これまでの抵抗のやり方に対する、女性側の痛烈な批判として読みとれなくもない。彼女たちにはもっとしたたかな戦略があるようだ。『ランカスのための弔鐘』はそうした新しい視点を提示してくれる作品だ。

（「北海道新聞」1996・2・23）

◆マヌエル・スコルサ　Manuel Scorza（ペルー、1928-83）

クロリンダ・マットの『巣のない鳥たち』

クロリンダ・マットの写真をこのごろよく見かける。十九世紀後半の女性だから、あまり写真が残っておらず、目にするのはたいがい同じ写真だ。肉付きの豊かな胴体のうえに、男性的な四角い顔がのっており、頭のうえには黒い髪が高々と結いあげられている。どちらかといえば男まさりの風貌だが、クロリンダ・マットは、先住民インディオの悲惨な生活を告発した最初の小説家として知られる。

また最近では、フェミニズムとの関連でとりあげられることも多く、十九世紀末のペルーで小説を書いたり、新しい雑誌を発刊しただけでなく、ジャーナリストとしても果敢に活躍したというのはやはり驚くべきことだといわねばならない。

クロリンダ・マットは『クスコ伝説集』（一九八四、八六）やいくつかの戯曲のほかに、三つの長編を書いた――『巣のない鳥たち』（一八八九）、『性質』（一八九一）それに『遺産』（一八九五）だ。最後の二点は長く忘れられていたが、七〇年代に入って新たな版が刊行された。第一作の『巣のない鳥たち』は、さきに述べたように、インディオの悲惨な現実を赤裸々に描いた最初の記念すべき作品であるだけに、これまでも読みつがれてきた。

マットには社会の因襲に立ち向かう断固たる改革者としての一面があり、最近刊行されたコルネホ＝ポラールの『小説家クロリンダ・マット・デ・トゥルネル』でも、忘れられていた作品の文学的な価値が掘り起こされる一方で、そこに反映されているクロリンダ・マットの思想も解き明かされているのである。

（「図書新聞」１９９５・５・27）

◆クロリンダ・マット・デ・トゥルネル　Clorinda Matto de Turner（ペルー、1852-1909）

ビクトリア・オカンポの詳伝

ビクトリア・オカンポは、文芸誌「スール」を四十年あまりにわたって主宰し（一九三一年創刊）、ボルヘスやビオイ＝カサーレスらを世に送り出したことで知られる。私邸や「スール」の誌面で、ラテンアメリカと欧米の作家たちの交流を促進し、ラテンアメリカの文学をヨーロッパに知らしめるのに多大の功績があった。

一九四〇年代の後半から五〇年代にかけて、自由奔放な気風のオカンポは、当然のことながら、ペロン大統領やその夫人エビータと対立した。労働者への大盤振る舞いや、エバ・ペロンの慈善事業を胡散臭い目で見ていたようだ。おかげで「スール」への締め付けがきびしくなり、経済的に追い込まれ、ついには逮捕もされた。

その釈放をもとめて、欧米で大勢の文化人が奔走したことが知られている。チリのノーベル賞詩人ガブリエラ・ミストラルや、フランスのカミュやアンドレ・マルロー、アメリカのハクスリーやインドのネールら……。詳伝『ビクトリア・オカンポ』（一九九三）で著者のラウラ・アイエルサとオディール・フェルジーヌは、抗議運動の国際的なひろがりを追いながら、ビクトリア・オカンポの反骨精神、その繊細で剛胆な人物像をいきいきと浮かび上がらせる。数々のロマンスも興味深かった。あのオルテガ・イ・ガセットも彼女にそうとう恋い焦がれていたようだ。

（「図書新聞」1997・3・22）

◆ビクトリア・オカンポ　Victoria Ocampo（アルゼンチン、1890-1979）

ペリ＝ロッシの淫靡《いんび》な妄想

女たちだけのバーがある。ドアをノックすると、のぞき窓が開いて目がきらりと光る。男どもやゲイは入れてもらえない。女性を愛する女性たちのためのバーだ。マダムのダニエラは、「男よりもたちが悪いわ」といってゲイをひどく嫌う。しかし同性に対しては心やさしく、慎み深い相談相手なのだ。やわらかな照明の下で、煙草の煙がたなびき、女たちは屈託なく談笑し、カクテルグラスを傾ける。

そこはバルセロナのスノッブな一角にあるダニエルスという名の店だ。その種の店としてはバルセロナで最も古いらしい。ウルグアイの女性作家クリスティナ・ペリ＝ロッシは、マダムの顔なじみのひとりである。評論集『エロチックなファンタジー』（一九九一）の冒頭には、この店のことが詳しく書かれている。

ペリ＝ロッシは『子どもたちの反乱』（一九八〇）や『ドストエフスキーの最後の夜』（一九九二）といった長編で知られ、目下ラテンアメリカの作家たちのなかで最も注目されているひとりである。『エロチックなファンタジー』には、鞭打たれる裸の女たちの漫画や、下着の広告の切り抜き、裸婦と白鳥の絵や、キングコングのスチール写真などが折り込まれている。ペリ＝ロッシによればこの本で、「個人のプライベートな生活や、文学や芸術において、広くいきわたっているファンタジー（エロチックなイメージ）を記述し、その分析を試みた」のだそうだ。

それらのファンタジーは淫靡で暴力的だ。誰しも自分なりの淫靡な妄想に耽けり、その延長線上に文学や芸術の地平が開かれる。矢に射抜かれ恍惚とした表情の三島由紀夫の写真もこの本に出ている。暴力と美がエクスタシーをもたらし、死が訪れる。エロスとタナトスの解け合う一瞬だ、とペリ＝ロッシは解説を加えるのである。

ところで、さきの女たちの店には、うっとりと見とれてしまうような美男美女が訪れる。そうした美女たちはありきたりの男では満足しない。現実の男ではなくて虚構の男でなければならない。虚構の男こそ彼女たちのファンタジーをかぎりなく刺激するのだ。

（「図書新聞」1996・11・30）

◆クリスティナ・ペリ＝ロッシ　Cristina Peri Rossi（ウルグアイ、1941－　）

ロア＝バストスの独裁者小説

南米のパラグアイはかつて一種の鎖国を敷いていた国で、つい最近まで（一九八九）独裁制がつづいていたことでも知られる。ロア＝バストスはこの国の最も傑出した作家だが、長い亡命生活をよぎなくされ、ほとんどの作品を異国で書いた。

『汝、人の子よ』（一九六〇）では、パラグアイの苛酷な歴史を背景に、戦争や独裁に翻弄される一群の人々の苦しい生を描いた。代表作の『至高なる余は』（一九七四）はまだ訳されていないが、いわゆる《ブーム》の時代のさなかに書かれ、ロア＝バストスの名を世界的に高めた大作である。十九世紀初頭にパラグアイで君臨したフランシア博士をモデルにした作品で、ラテンアメリカの独裁者小説の傑作のひとつである。

『汝、人の子よ』『至高なる余は』とつづいた系譜は、三十数年の歳月を経て、『検察官』（一九九三）により三部作として完成した。『検察官』では独裁者への揶揄が散りばめられ、ある種の余裕さえ感じられるが、それは祖国の政治状況が変わり、独裁制が終焉をとげたからだろう。とはいえ、主人公のこのセリフは、パラグアイの人々にとっては不気味な響きをもっているにちがいない――この国では何だって起こりうる。それもこちらの予期せぬことが起こる。いちばん非現実的なことが起こる。そしてそれが何世紀もつづくことになるのだ。

（「北海道新聞」１９９６・１・５）

◆アウグスト・ロア＝バストス　Augusto Roa Bastos（パラグアイ、１９１７－　）
『汝、人の子よ』（吉田秀太郎訳）集英社

「裏切り者との出会い」吉田秀太郎訳『集英社ギャラリー〔世界の文学〕19ラテンアメリカ』所収、集英社

ルベン・ダリーオの新しい文体

ダリーオはスペイン語の文体を刷新したモデルニスモ（近代主義）の詩人で、ラテンアメリカの現代作家たちにとって先駆的な存在だ。一八八八年にチリで刊行された『青』という小さな作品の詩と散文は、その後のスペイン語文学を大きく変えることになった。

スペインのカテドラ社版の『選集』には、『青』からの短編もいくつか収録されている。「マブ女王のベール」や「中国皇后の死」などだが、題名からしてその耽美主義やエキゾティシズムが見てとれる。後年モデルニスモに反旗をひるがえした詩人たちは、ダリーオが好んだ白鳥にあてつけて、「まやかしの羽根で飾った白鳥の首をしめ殺せ」と皮肉った。とはいえ『選集』のページを繰ると、『青』の重要性はやはり表現の新しさにあり、それはやがて詩のジャンルで大きく開花していったことがわかる。

『青』を刊行したときダリーオは二十一歳だった。当時の詩人たちがたいがいそうであったように、パリにあこがれた。パリで真っ先に会いたかった詩人は、ヴェルレーヌだったと回想している。そして実際にパリの夜の街をさまよっているうちに、あるカフェで泥酔状態のヴェルレーヌに出くわす。「グロテスクで悲劇的な光景だった」と書きとめるダリーオだが、じつは

彼自身もやがてその早すぎた晩年に、同じような姿をさらすことになるのである。そうした自伝的な断片やエッセイを収めた『選集』は、小さな本ながら読みごたえがある。

（「図書新聞」1995・10・28）

◆ルベン・ダリーオ Rubén Darío（ニカラグア、1867-1916）
『ニカラグァへの旅』（渡辺尚人訳）近代文藝社

レサマ＝リマの栄光と哀しみ

レサマ＝リマは長編『パラディィソ』（一九六六）を書いたことで知られる。『パラディィソ』は《ブーム》の時代の代表作のひとつで、独特なバロックの文体で書かれており、読むのに骨が折れるが、その豊饒なイメージの乱舞は、読み手を感嘆させずにおかない。レサマ＝リマは『パラディィソ』の成功で国境を越えて知られるようになったが、皮肉なことにキューバ国内では、同性愛を描いた章が当局の顰蹙《ひんしゅく》を買い、それ以後、不遇の日々をよぎなくされた。

レサマ＝リマは美少年を愛し、無類のエピキュリアンだった。ほとんど外出することなく、書物を読みあさり、研ぎすまされた美意識と、該博な知識で、多くの若い作家に敬愛された。八〇年代に入ってキューバを脱出したレイナルド・アレナスによれば、「レサマには創造のための活力を放射するという不思議な才能があった。レサマと話をして家に帰ると、みんなタイプライターの前に座ったものだった。レサマの話を聞いてインスピレーションを受けないことなどありえなかったからだ」(『夜になるまえに』安藤哲行訳)

著作が刊行されぬことを意にも介さずに、キューバに残って作品を書きつづけたレサマ＝リマだが、ひどい喘息もちで、母親に看護されながら育ち、その死後は、母親がたのんで結婚してもらった女性に見守られた。ズボンのポケットから大きな十字架をはみださせて、巨体をゆすぶって歩く姿は迫力があっただけでなく、それだけでかなり挑発的なものだったという。

死後まとめられた『エロイーサへの手紙』(一九九八)には、米国で暮らす姉妹に宛てた手紙も収められている。それらの手紙から、母親を失い、古ぼけた家についにひとり取り残されたレサマ＝リマの寂しさがひしひしと伝わってくる。——「亡くなる前に母さんは、わたしが死んだらおまえがどんなにさびしくなるだろうね、といった。……。われわれ三人が、生や死のなかで、また再会することがないかぎり、心の安らぎも慰めもないだろうと思う」

(「図書新聞」1995・10・7、1998・11・21)

◆レサマ＝リマ José Lezama Lima (キューバ、1912-1976)
「断頭遊戯」(井上義一訳)『ラテンアメリカ怪談集』所収、河出文庫

ベネデッティのコラム集

スペイン滞在中に買った本が届きはじめた。向こうの本屋は億劫《おっくう》がらずに梱包《こんぽう》から発送までやってくれるので助かる。きのう届いた便から、またもベネデッティの『いい加減な話と正直な話』(一九九二)が出てきたので苦笑してしまった。これで三冊目だ。本屋に立ち寄るたびにこの本を買ってしまったようである。

マリオ・ベネデッティはもともと《ブーム》の中心にいた作家のひとりだが、日本ではあまり知られていない。早い時期に短編が翻訳されたものの、日本で編まれたいくつかのラテンアメリカ文学選集からはこぼれてしまった。もっとも向こうでは現在も変わらぬ人気をほこっており、『休戦』(一九六〇)や『火をありがとう』(一九六五)、あるいは短編集『モンテビデオの人々』(一九五九)などはこれからも読みつがれるにちがいない。

新聞や雑誌でジャーナリスティックな文章を数多く書いてきたベネデッティだが、『いい加減な話と正直な話』はそうした系列の作品だ。表紙には有名なコペンハーゲンの人魚が描かれ、青い水面を見つめるその背中はどこかさびしげだ。冒頭の作品「恋人を失った人魚」にちなんだ装丁なのだろう。軍政時代に拷問を受け、コペンハーゲンに亡命してきたチリ人が、零下十何度という寒い朝、服を脱ぎ捨て、素っ裸で人魚に寄り添っているうちに凍え死んだ。実際にあった話らしいが、どこか滑稽でもの哀しい。ベネデッティも長く亡命生活を送った。岩の上の、遠くを見つめる人魚のひっそりとした後ろ姿は、亡命者たちの胸を切なくさせたようだ。

「恋人を失った人魚」は二ページほどの小さな物語だ。「話題は何だっていい、要はそれをいかに語るかだ」という一文がはじめの方に出てくるが、このコラム集はまさにその煌《きら》びやかな実践だろう。ページをめくると、ついつい読みたくなるのは確かで、三冊も買ってしまったのも無理ないかもしれない。

（「図書新聞」1995・1・1）

◆マリオ・ベネデッティ　Mario Benedetti（ウルグアイ、1920-　）
「別れ」（高見英一訳）『現代ラテン・アメリカ短編選集』所収、白水社
「モーツァルトを聴く」（内田吉彦訳）『集英社ギャラリー〔世界の文学〕19ラテンアメリカ』所収、集英社

ロペス・アルブーハルの官能的な小説

二十世紀の前半にペルーで活躍した小説家にロペス・アルブーハルがいる。判事の職にあった人で、生活の糧はもっぱらそれで得ていたはずだが、生涯にわたって小説を書きつづけ、『アンデスの物語』（一九二〇）や『マタラチェ』（一九二八）といった作品をのこした。

『マタラチェ』はいま読んでも、十分に衝撃的な物語だ。裕福な白人娘と屈強な黒人奴隷との恋愛が描かれ、ふたりは情熱の赴くままに逢い引きをかさねるが、けっきょく悲劇的な結末を迎える。ロペス・アルブーハルは、インディオの悲惨を告発する一連の作品を書いたが、『マタラチェ』では、インディオにおとらず痛めつけられてきた黒人たちを中心に据えた。

しかしながら『マタラチェ』がいまなお魅力的なのは、メッセージの切実さのためというより、文体がかもしだす官能性のゆえだろう。黒人たちの土俗的な語りが、艶《なま》めかしく絡みつい

てくるようだ。呪術的な響きをもつ「マタラ、マタラ、マタラ、チェ（あの子をやっちまえ、やっちまえ、やっちまえ）」という連呼には、主人公の性的な力への揶揄《やゆ》と羨望がこめられているのだ。

（「図書新聞」１９９５・４・18）

◆エンリケ・ロペス・アルブーハル　Enrique López Albújar（ペルー、１８７２－１９６５）

マストレッタの恋愛小説

アンヘレス・マストレッタの『愛の葛藤』（一九九六）は、スペイン語圏の重要な文学賞であるロムロ・ガジェゴス賞に輝いた作品だ（一九九七年度）。通俗小説めいたところがあり、デビュー作の『わたしの生命を奪って』（一九八六）と同様にメキシコで大いに売れた。

『愛の葛藤』の主人公エミリア・サウリのことを述べたくだりに、「同時にふたりの男性を愛する力をもった女性」とある。「愛する力」に、「やむにやまれぬ」と「間断なく」という形容句がついている。要するに彼女は、心の安定と幸福感を得るためには、Ａという男では足りずに、Ｂという男も必要であったということだ。ひとりは温厚な医師で、もうひとりは情熱の革命家である。どちらもＡでもあり、Ｂでもある。片方だけではおさまらないのだ。

物語の展開は、われわれがこの女性の生き方に納得するように書かれている。むろん作者のねらいはそこにあるわけで、新しい女性像を提示しているといえる。物語の舞台は一九一〇年代のメキシコ革命のころだが、そうした時代や特殊な政治状況を取り払ったとしても、物語はどこでも難なく成立してしまいそうだ。

エミリア・サウリのラブストーリーは、四百ページにわたってつづく。マストレッタは、イサベル・アジェンデ（『精霊たちの家』）やラウラ・エスキベル（『赤い薔薇ソースの伝説』）におとらず、巧みな語り手である。大衆的な人気の秘密はそこにもひそんでいるにちがいない。『愛の葛藤』には心憎い結末が用意されている。情熱の恋人たちは、相当な爺さん、婆さんになっても、変わらずに逢い引きをつづけている。口づけをかわす唇には、もはやかつてのみずみずしさも張りもないが、それはかまわない。「いつ来たの」と女がいい、「ずっとここにいたさ」と男は答えるのだ。

（「図書新聞」1998・6・20）

◆アンヘレス・マストレッタ　Ángeles Mastretta（メキシコ、1949-　）
『わたしの生命を奪って』の一部、第二章（西村英一郎訳）『季刊iichiko』No.46所収

ラウラ・エスキベルの調理場

『赤い薔薇ソースの伝説』（一九八九）の新しい版がバルセロナの出版社から送られてきた。この作品は翻訳され、映画も評判を呼んだので、ご存じの方も多いかもしれない。女主人公が農場の調理場でさまざまなメキシコ料理をつくるのだが、どれも美味そうである。「薔薇の花

びらをあしらった鶉《うずら》」とか「胡麻《ごま》とアーモンド入りの七面鳥のモーレ」とかいうぐあいに、それぞれの章がひとつの料理をめぐって展開する。

この小説のユニークなところは、それらの料理の作り方が、ていねいに書き込まれていることだろう。そしてラウラ・エスキベルの作家としての技量の確かさは、それらの料理のレシピを、上質のメロドラマにうまくとけ込ませたことにある。調理場は内密の空間であり、料理人はそこで、手を動かしながら、さまざまな思いにふける。エスキベルはその手法をデビュー作に適用したわけだ。

『赤い薔薇ソースの伝説』は映画化され、夫君のアルフォンソ・アラウ監督はその成功で、ハリウッドに進出をとげた。もっとも華やかな社交生活を嫌うエスキベルとのあいだに亀裂が生じ、ふたりはその後離婚している。著作権をめぐる裁判沙汰やら大病、その他さまざまな災難や新しい出会いがあったようで、小説におとらぬ波乱の日々を送ったとみえる。

ところでこのほどグリハルボ社から刊行された『赤い薔薇ソースの伝説』には、オランダの写真家の作品が何枚か折り込まれている。にぎやかだがどこかわびしげなメキシコの市場や場末の風景がそこにある。黄昏時のネオンの淡い光はもの悲しげだ。というわけでこの本は、味覚やら嗅覚やら視覚など、さまざまな感覚を刺激してくれる。なかなか贅沢な本である。難点は手に持つと、いささか重いということぐらいか。

（「北海道新聞」1998・4・17）

◆ラウラ・エスキベル　Laura Esquivel（メキシコ、1950－　）

『赤い薔薇ソースの伝説』（西村英一郎）世界文化社

レイローサの白日夢

モロッコのタンジールに長く住んで『シェルタリング・スカイ』などの作品で知られる米国の作家ポール・ボウルズに見出された若手の小説家に、中米グアテマラのロドリゴ・レイローサがいる。一九八〇年代の半ばに、夢の切れ端を集めたような作品集をポール・ボウルズ自身が英訳して、まだ二十代であったこの作家を世に送り出した。その後、『樹林の牢獄／船の救い主』（一九九二）でラテンアメリカに蔓延《まんえん》する狂気と恐怖を描きだし、スペイン語圏のみならずイギリスやフランスでも称賛された。レイローサは目下ラテンアメリカの最も注目すべき作家のひとりだといってさしつかえない。

最新作の『そのときは殺され……』（一九九七）を読むと、無駄のない、柔らかで知的な文章にいっそう磨きがかかってきたことがうかがえる。夢や幻想への偏愛、あるいは物語の凝縮度などにボルヘスの影響が見られることはかねてより指摘されているが、その文章の簡潔さと美しさにも、ボルヘスの魅力と相通じるものがある。

『そのときは殺され……』では、元兵士の若者と異国の老人が、それぞれ夜の玄関先や荒れた海の上で、いきなり息の根を止められる。ほとんど一瞬のできごとだが、彼らのその一瞬の驚きと哀しみを、読者も息をのんで共有することになる。物語は英国や中米で展開し、事件の背後には得たいの知れない不気味な力がうごめく。レイローサはそれを都会的で人工的な白日夢のように描きだしてみせるが、抽象化の度合いはやはり絶妙で、ポール・ボウルズがその才能に感嘆したのもうなずける。

最近のインタビューでは、一日の大半を、夢を見ることに、人と話すことに、本を読むことに、そして文章を書くことに費やしていると述べている。むろんレイローサにとってはこの序列が肝心らしい。

（「北海道新聞」1999・6・11）

◆ロドリゴ・レイローサ　Rodrigo Rey Rosa（グアテマラ、1958-　）
『その時は殺され……』（杉山晃訳）現代企画室

あとがき

スペイン語のラジオ講座を何年か担当したことがある。初級や中級の講座で、ペルーの作家リベイロの短編を読んだり、自分で物語をつくってペドロという名の探偵を登場させたりした。

スタジオに入って録音するのだが、二十分の番組五本を二時間ぐらいでつくった。かなり緊張することもあったが、アシスタントのスペイン人たちとお喋りしながら、気楽にやっていることのほうが多かったように思う。

吹き込みのほかに、テキストの巻末につける読み物を毎月用意する必要があった。そのおりに書いたのが、本書の第一部をなす「ラテンアメリカの作家たち」である。

スペイン語を学習するからには、この言葉が話される地域にどのような作家がいて、どういう面白い作品が書かれているのか知ってもらいたかった。

それらの文章をところどころ書き替えた。贅肉《ぜいにく》を削っているうちに、ほとんど身がなくなり、別に書いた文章を継ぎ足して形を整えた場合もある。

末尾にその作家の翻訳作品リストを付した。すべてを網羅したわけではないが、主要なものはできるだけ載せることにした。すでに絶版になっている作品もだいぶあるけれど、図書館などで手にすることができるかもしれない。

訳者によって翻訳の出来映えに落差があり、それも示すべきだったかもしれない。あるいはボルヘスやガルシア＝マルケスなどの場合、多くの作品の中から、お勧めの三冊とか五冊を指定したほうが親切だったようにも思う。

いずれにせよ、とりあげた作家たちのじっさいの作品への橋渡しになることが、これらの拙い文章のささやかな役目である。

第二部では、ごく最近書いたエッセイふうの文章や、ここ数年、いくつかの新聞で書いた書評やら新作紹介の文章が並んでいる。

エッセイのほうはだいたいどれもペルーという国や、ひいきの作家とつながりがある。この手のものならいくらでも書けそうな気がする。もっとも他人が読んでそれほど面白いものではあるまい。ぼくはペルーに生まれ、十二歳のころより日本で暮らしている。心の中に混沌《こんとん》としたものがある。


本書の原稿はすでに二年ほど前にほぼできていた。わざわざ出版していいものかどうか、いまもためらいが残る。

いつも原稿を手直ししてくれる家人にあいかわらず助けられている。

むろん現代企画室の唐澤秀子さんと太田昌国氏にも。

12 February, 2000　杉山　晃

●初出一覧

第一部　1〜18　『NHKラジオ　スペイン語講座テキスト』（1994年10月〜1995年3月）、『NHKテレビ　スペイン語会話テキスト』（1995年4月〜1996年3月）に連載した文章を大幅に加筆訂正した。

19　マルティ──詩と独立運動　「読書人」1999・2・12
20　セプルベダ──文明の野蛮性　「北海道新聞」1998・8・21、「図書新聞」1999・1・23

第二部　1と2は書き下ろし。その他は、それぞれの文章の末尾に「初出」を記載。
いずれも加筆訂正した。

【著者紹介】

杉山　晃（すぎやま　あきら）

1950年ペルー、リマ市に生まれる。

現在、清泉女子大学教授。ラテンアメリカ文学専攻。

［著書］『南のざわめき』（現代企画室）

［訳書］バルガス＝リョサ『都会と犬ども』（新潮社）、アレナス『めくるめく世界』（共訳　国書刊行会）、ルルフォ『燃える平原』（水声社）、ルルフォ『ペドロ・パラモ』（共訳　岩波書店）、アルモドバル『パティ・ディプーサ』（水声社）、アルゲダス『深い川』（現代企画室）、同『ヤワル・フィエスタ（血の祭り）』（同上）セプルベダ『センチメンタルな殺し屋』（同上）レイローサ『その時は殺され……』（同上）

ラテンアメリカ文学バザール

発行……二〇〇〇年三月二七日　初版第一刷　一五〇〇部

定価……二〇〇〇円＋税

著者……杉山　晃

発行人……北川フラム

発行所……現代企画室

住所……101東京都千代田区猿楽町二―二―五　興新ビル三〇二

電話03-3293-9539　FAX03-3293-2735

E-mail gendai@jca.apc.org

http://www.shohyo.co.jp/gendai/index.html

振替……〇〇一二〇―一―一一六〇一七

印刷・製本……中央精版印刷株式会社

ISBN4-7738-0001-1　C0098　Y2000E